严歌苓作品

GELIN YAN
WORKS

谁家有女初长成

SHUI JIA YOU NÜ CHU ZHANG CHENG

北京联合出版公司
Beijing United Publishing Co.,Ltd.

图书在版编目（CIP）数据

谁家有女初长成 ／（美）严歌苓著. -- 北京 ： 北京
联合出版公司，2018.6
（严歌苓作品集）
ISBN 978-7-5596-1675-3

Ⅰ．①谁⋯ Ⅱ．①严⋯ Ⅲ．①长篇小说－美国－现代
Ⅳ．①I712.45

中国版本图书馆CIP数据核字（2018）第024501号

谁家有女初长成

作　　者：严歌苓
出版统筹：新华先锋
出版策划：新睿世纪
选题策划：木易雨田
责任编辑：牛炜征
特约编辑：宋亚荟
封面设计：王　鑫
版式设计：朱明月
营销统筹：章艳芬

北京联合出版公司出版
（北京市西城区德外大街83号楼9层　100088）
三河市春园印刷有限公司印刷　新华书店经销
101千字　620毫米×889毫米　1/32　7印张
2018年6月第1版　2018年6月第1次印刷
ISBN 978-7-5596-1675-3
定价：59.00元

严歌苓

Shui Jia You Nü Chu Zhang Cheng

谨以此书献给我的父母

上 卷

在西安转车时，曾娘叫巧巧坐在行李上等，她领小梅、安玲去解手。曾娘嘱咐巧巧：不要乱跑，现在拐卖妇女的坏人多得很。巧巧使劲儿点头：不乱跑。连她遭了白眼、呵斥，晓得自己给曾娘搁得很不是地方，正在两排椅子中间，碍人事，绊腿绊脚，她也绝不挪动。只恨不得把本来也不占多大地方的身体缩作一团，恨不得就缩没了。

巧巧跟所有的乡村女孩一样，头次走西安这样的大码头，浑身都是一个知趣。巧巧的视线落得低低的，低得只看见人们的脚和一截小腿。脚和腿都是要直接蹚着巧巧过去的样子，突然出来个绊脚的巧巧，人就牢骚一句：讨厌！或：咋回事？！或：真会找地方！巧巧随他们讨厌她去，就是不动。厕所大概很远，已有两班火车开了，曾娘她们还没影子。曾娘会不会把她自己和小梅、安玲弄丢了呢？又想，怎么可能。曾娘是大地方人。是深圳人。一口官话既听不出南腔又听不出北调，又是不稠不稀、均匀地掺搅起来的南腔北调。黄桷坪的人都说曾娘跟华侨一模一样，而黄桷坪没一个人见过华侨是什么样。曾娘就是"华侨"这概念的注释：颈上套根麻线粗的金链子，手指上一个金箍子，身上一条浅花裙，一周都是细褶，像把半开半拢的蜡纸伞，就是县城杂技团蹬伞演员蹬的那种。曾娘还搽白粉，涂红嘴唇，两根眉毛又黑又齐，印上去的一样。巧巧当然不知道那叫"文眉"。在黄桷坪人的眼里，这一切都很"华侨"。华侨就是这样富贵、洋气，三分怪、三分帅、四分不伦不类。

巧巧坐出困倦来了，她胳膊抱着腿，下巴抵住膝头。她已坐得很不碍人碍事，人们却还是脾气很坏地丢一声斥责给她。有时她也用眼睛狠狠地回敬一下。她想，这就是城市人的脾气。等曾娘把她带到深圳，她也变个城市人，她巧巧才不像眼下这么省事呢。她屁股下坐的尼龙手提包里有两双长丝袜，一条红底白圆点的裙子，是曾娘送的。谈定后的第二天，曾娘提了个印着外国字母的塑料袋来到巧巧家，要巧巧穿上这套行头跟她上路。临走，曾娘看见她就皱起标准笔画的眉毛：巧巧还是那条牛仔裤，镇上贩子贩的"苹果牌"，谁穿上谁就罗圈腿那种。巧巧安慰曾娘：裙子先省着嘛，等快到深圳再换嘛。不然一路火车坐下来，还不旧掉一半？火车到达西安之前，曾娘叫巧巧去厕所把裙子换上。曾娘指着早早洋气起来的小梅和安玲说：人家一看就是坐"流水线"的，看看你，不是女民工就是小保姆。巧巧便去那无立足之地的厕所改头换面。她尽量不沾到地面上比水浓稠的湿渍。白瓷茅坑边沿上有一摊血迹，艳丽得惊心动魄。那种渠道来的血如此公然地展览给男女老少，巧巧莫名地有些恐惧。认为它是不祥的征兆，那是很多日子以后巧巧突然想到的。巧巧从厕所出来便去和安玲咬耳朵，又去对小梅挤眉弄眼地悄语，口气是凶杀案的口气："一摊血！"安玲和小梅都跑去看，回来说巧巧有毛病，哪儿来的一摊鲜血。

巧巧急得要赌咒，同时就来扯两人一同去验证。两个年长于巧巧的女孩都没那劲头，只说巧巧是一贯的装疯迷窍，什么给她看都是戏。靠窗打盹儿的曾娘让三人嘀咕醒了，见巧巧还是那条罗圈腿牛仔裤——坐了一天一夜的车，越发罗圈得看不得。曾娘只剩点儿粉渣渣的脸有些虎起来，说怎么她说朝东巧巧一定朝西。巧巧卖乖地嘟起嘴，撸起裤管给她看："牛仔裤给汗打湿，把巧巧两条腿染成蓝的了。"曾娘突然来一句："跟人家说好的，穿的是红裙子！"巧巧不知"人家"是谁，也不愿惹曾娘凶得这样，把话含在了嘴里。曾娘却懂了巧巧吞不回吐不出的疑问，那一点儿凶马上消散，两根仿宋体眉毛恢复了平展的一撇一捺，说："哎呀，我跟人家瞒了实情的！我说你们都是镇上高中的毕业生！人家只收高中生，培训培训就坐到流水线上去了！"

　　巧巧这时已困得浑身发瘫。看一眼手表，曾娘一趟茅房上了近一小时了。说不定买盒盒饭去了。一路吃了六顿饭，五顿是开水泡"康师傅"，一顿盒盒饭。盒盒饭比过年的咸烧白还香，一盒下去，三个女孩都偷眼去看曾娘剩的大半盒，居然那十多根肉丝也被剩在那儿。再去看表，巧巧心里念：就不抬头，就不抬头。这是巧巧赶场卖东西自己和自己做的小游戏，每回埋下头不巴望不招徕谁也不理，往往就会来个不期而遇。巧巧从十三岁就替父母赶场，卖鸡蛋、卖干海椒、橘子、抽皮糖。只要能装进她背兜的，她都背得起。走到大路口，有卡车、拖拉机路过，十有八九都能给她拦下来。有时碰不上机动车，自行车、鸡公车也将就。那些推鸡公车、骑自行车的人招架不住巧巧那两酒窝的笑。假如骑车的"大哥"说他驮不动，巧巧逼他那样说："那你来坐，我来驮你嘛。"要不就说："大哥驮我，我剥橘子给你吃嘛。"一把岁数的给她水灵灵地叫成大哥，还有一瓣瓣橘子剥得溜溜光由一只小红手从肩后喂到嘴里，男人们也不觉亏什么了。最开胃的是巧巧同你逗嘴。你说，咋不去上学？她说，我上学，你给我去卖橘子吧；你说："橘子是你家种的？"她说："不是，是去你家偷的。"你要抱怨，骑不动了，她就说："老啦！"或说："我爸能驮四袋洋灰，未必你比我爸还老？！"巧巧、巧巧，两片肉嘟嘟的嘴唇两岁起就是巧的。

　　秒针整整打了十转。巧巧抬起头，见候车室大厅里已没什么人了。四个小乞丐在分一堆硬币、小钞，花猫般的脏脸上已有了一点儿狰狞。巧巧听不懂他们撕咬出来的话，只知道是种侉话，比黄桷坪的话更偏远、更荒野。而小叫花子们远比巧巧都市化多了，半点儿怯生生也没有，懂得一本导游手册或一张市区地图在什么样的人手里能挣出什么样的钱来。这些小老油子们总是跑着大都市从不可缺少的龙套。黄桷坪也穷，但从未穷出"讨口子"来。出来的都是巧巧这样的要强姑娘。四年前狗狗的姐姐三三头一个离开了黄桷坪，再没回来，回来的就是一年两回的汇款单，还有一张相片。三三在相片上成了个"华侨"，简直就是小一号的曾娘。狗狗妈拿着汇款单和相片挨家跑，是对三三意见大了的那种笑："鬼女子！妖精施怪的，挣两个钱不够烧的，衣裳裙子高跟儿鞋！"隔年四海叔的两个女儿也消失了。混得好混得孬，四海婶一个字不提。黄桷坪走出去的女孩，如果没有汇款单来，她们的父母就像从来没有过她们一样，就像怀胎怀得有鼻子有眼了，硬给镇计划生育主任押解去打掉的那些娃儿们一样，落一场空。那些父母想得很开：这些没款汇回来的女娃儿就算多怀个十六七年，十七八年的一场空。黄桷坪的人从不为那些干干净净消失掉的女孩们担心。倒是个把回来的惹他们恼火。回来的女娃儿里有巧巧的堂妹慧慧。慧慧在深圳流水线上做了一年出头，回来脸白得像张纸，一天吐好几口血。从县医院拍回的片子上，个个人都看得见慧慧烂出洞眼的肺。慧慧却跟巧巧说深圳的好，一天在流水线上坐十六个小时，吃饭只有五分钟，而买饭的队要排一小时，就那样也不耽误深圳天堂般的好。

因此巧巧是怎样也要离开黄桷坪的。世上哪方水土都比黄桷坪好，出去就是生慧慧的肺痨也比在黄桷坪没病没灾活蹦乱跳的好。曾娘一定领小梅、安玲去了茅厕，又去买盒盒饭，顺便拐进个商店。巧巧替她们编排出一个半小时的节目。一个警察走过来。一个长脸的无精打采的瘦警察，背着两只手，自己也不喜欢警察的角色。警察在离巧巧三步远的地方停了一下，看看这个长相不赖的乡下女孩有没有疑点。又拿不准什么，多一事不如少一事地走开了。小要饭们叫他"罗保长"，他说"去去去"。百十来个旅客排着打盹儿的队伍往检票口走，大喇叭里的女广播员报着车次，不甘心疲惫和乏味，把平直重复的句子念得很崎岖。令巧巧这样不懂什么是

"逻辑重音",也弄不准"抑扬顿挫"的黄桷坪女孩觉得十分动听,比曾娘的一口话还中听。

曾娘是镇上李表舅的远亲,也不知李表舅是黄桷坪哪一家的表舅,因此他便是全黄桷坪老老少少的表舅。在黄桷坪,"舅"和"舅子"有联系的,因此人们都对这表舅有作弄和占便宜的意思。李表舅开录像店,你从镇上马路上过,就听得见他店铺里"嘿哈"的打斗声,电影院的生意都到他那间带被褥气、泡菜气、鞋袜气的铺里去了。李表舅给公安局判过半年,说他跫的进口录像带里不止"嘿!哈!"还有些"嗯……啊……"的带子,仅在早上三四点放,放出来屏幕上只见一色的皮肉。李表舅就为这个蹲监去了。半年监蹲下来,县公安局的人像是同他有了处朋友的意思了,不时有吉普停在他家门口。

李表舅的远房表妹曾娘就是从吉普车里钻出来的。头天晚上她坐在小梅家,用把镂花小折扇拍打着装在长丝袜里的腿,撵蚊子小咬。她告诉女孩们什么是"流水线":就坐在那里,只管做自己那一个动作。"流水线"证实了慧慧的说法,在女孩们心目中它不仅轻松容易,并且美好,"流水线"末端就是一枝有茎有叶、活灵活现的绢绸玫瑰,要么就是百合、凤仙、吊金钟。第三天曾娘到巧巧家来,把一摞十元钞票捺在巧巧妈手心里，说是预付巧巧头一个月的工资。巧巧妈唬坏了，眼泪也流下来。她自己也不清楚吓她的是什么，是从未一把抓过这样大一笔钱，还是这把钱替换了巧巧。巧巧上路的清早，妈脸上的惊唬还没过去。她把那一大把钱捺在巧巧手心，用的力比曾娘还大。巧巧和妈拉扯了一阵，两人都是恼火的样子，都是泪汪汪的恼火。最后巧巧妥协了。妈说到"在家日日安，出门步步难"。妈把连夜缝的一根裤带扎在巧巧腰上，贴肉扎的，叠成长条的钞票平整地塞在里面，不理会巧巧罣来罣去地闹：又不是你二十年前走县城！把人家弄成个乡下佬！

巧巧又垂眼看表。表老大的一块，带子太长，是直接从潘富强腕子上褪下来，带着潘富强的热气，戴到巧巧臂上的。潘富强一手逮住巧巧的手，一手把表径直向上捋，直捋到接近胳膊肘，才戴牢靠。潘富强算起来跟巧巧爸同辈，是黄桷坪的大辈分，不过所有黄桷坪的女孩都连名带姓地叫他潘富强。后来他做了镇长她们也不改口。所有女孩都像巧巧一样怀一份秘密妄想：哪天能顶替潘富强的爱人朱兰。所有男人的婆娘都是婆娘，只有潘富强的婆娘是"爱人"。因此女孩们都不要那个辈分，跟他没大没小叫他潘富强。使巧巧们暗生妄想的是潘富强的经历。潘富强当过空军。女孩们并不知道空军里也有煮饭，喂猪，种茄子、黄瓜、豆角的。女孩们认为潘富强是上过天的人。潘富强是因为把爱人朱兰偷偷藏到黄桷坪来生第二个娃娃而受了处分，从天上处分到地下的。在潘富强把手表往巧巧胳膊上捋时，巧巧突然发现他眼睛里有一点水牛似的哀伤。哀伤使潘富强眼睛大了许多，也暗了许多。嘴里却还是一贯的潘富强：常看着表啊，人家把你卖了你也晓得哪时候卖的！

深夜十二点西安车站里的潘巧巧想着潘富强的哀伤是怎么回事。他对巧巧也有着相似的一份妄想。年长她十多岁，大她一个辈分都不碍事的，只有是爱人不是婆娘的朱兰在中间弄得他们不三不四。巧巧觉得出了黄桷坪的自己很快会变一个人的。对于一个新的巧巧，窝在小沟沟里的黄桷坪和窝在黄桷坪的一切人和事，都不在话下；那一点点作痛的留恋，那由潘富强引起的一点儿不好过都会很快过去。

从一个昏沉沉的浅睡中醒来，巧巧面前站了个陌生人。一个男人。她不知自己什么时候上了长椅，拉开架式睡了起来。还没来得及想曾娘她们怎么了，男人先对她笑起来。男人戴副眼镜，笑着一个白净书生的笑。他说："你是潘巧巧吧？"巧巧点点头，眼珠在眼眶里瞪得发胀。是个文绉绉的男人，下颏尖尖的，要是头发剃短些，会像镇上中学的语文老师。男人伸过手，巧巧一看不好，语文老师不会戴顶针般宽大的金戒指。巧巧被他抓起手来，握住，还上下悠两下。男人说自己叫陈国栋，是曾娘的朋友。他看见巧巧的眼睛紧紧追问："曾娘她们呢？！……"他说："她们到处找你，找不到，急死了！"巧巧想分辩："我从下了车就等在这儿，半点儿都没动，一泡尿胀慌了都没敢动。"叫陈国栋的男人没容她插嘴，脸上是由衷的焦虑和嗔怪："你看看，你躲到这来睡觉，害得她们到处找！就差叫警察帮忙找人了！"巧巧想说：对头，是有个警察。巧巧对叫陈国栋的男人闪电般一笑。不管错出在哪儿，她都先认下来。

从车站往外走的路上，巧巧明白了事情是怎么了，曾娘实在找不到巧巧，只好交代这个叫陈国栋的表侄继续守在车站，自己带小梅和安玲先去旅馆了。她们实在找不动了。巧巧想都没想，这番话是否合情理。巧巧的脚肿到新的人造革凉鞋外面来了，厚厚的两坨给她自己搬动着。巧巧脑子也不动就接受了陈国栋的说法，心想，还是世界太大的缘故，曾娘自己把个活人搁在哪里，都会记不得。她走在陈国栋后面，同他差两步，不能马上就同这个城里男人平起平坐，乡村女孩的知趣和得体，给巧巧很乖的一副模样。许久以后，一切都不能挽回的时候，巧巧会回顾这时的自己。那时她将此时的自己看得很清楚：轻信，胆大妄为，急于马上讨得城里人的认同。讨到这个自称陈国栋的男人的欢心。那时什么都赎不回了，她清清楚楚看着此刻的自己，完全是自愿，并没有被拴着。陈国栋有两次伸手要来提巧巧瘪巴巴的尼龙包，巧巧都是斜身一个谢绝。陈国栋对她笑笑，又笑笑。也是在后来，巧巧回头来看这些笑，她仍认为这是些很不错的笑，温暖、体贴，正是一个初次出远门的乡村女孩所急需的。

　　走出候车大厅，巧巧终于憋不住了，叫了两声"陈叔"，一点儿反应也没有。叫陈国栋的男人像完全没听见。巧巧赶两步上去，扯扯他的衬衫袖子，说，陈叔我想解手。巧巧听自己的普通话戏文一样带着曲调，她却顾不上了："陈叔，那边那个，是不是个厕所？"巧巧险些说成"茅房"。陈国栋的文雅顿时少去一半，说："那么啰唆！旅馆里有厕所，到了再上！"巧巧突然从他话里听出些乡亲口齿。那口齿中有另一个身世，另一个身份，不属于这个眉清目秀的城里男人却包藏在他这份清秀和文雅深处，巧巧头一次同黄桷坪人世世代代的忠厚信赖发生了刹那的分歧。就在这个刹那，巧巧突然看见一个熟悉——起码比陈国栋熟悉的身影。那个长脸警察。他和另一个年轻警察正在抽烟，没有任何意外的夜晚使他们情绪涣散。巧巧感到他的熟悉，甚至亲切，是因为他属于一个巨大的整体，以一模一样的制服、徽章形成的整体；交付给这整体的一国人中，包括巧巧。遥远的黄桷坪的巧巧其实是托付给他，给他们的，出了黄桷坪一切都变了，只有这个穿警服的身影如旧。他是此一刹那认识陌生现实的唯一坐标。

陈国栋一把扯住巧巧的手。一辆机动三轮后面挂着"轿子"，醉醺醺擦着两人过去。陈国栋自家兄长那样对巧巧说，看着点儿，城里人开车野惯了！他语气中的担惊受怕和焦躁使巧巧感觉那黄桷坪人的无限信赖又回来了。信赖使她不愿从这男人手中抽出自己的手。怎么能对这个陈国栋认生呢？他连着曾娘，曾娘连着李表舅，李表舅是全黄桷坪人打是疼骂是爱的"舅子"啊！

一个猜不透的原因使长脸警察晃晃悠悠朝这边来了。一根手指顶着滴溜溜打转的大檐警帽，嘴角斜出半根烟。他说："站住！"巧巧感到陈国栋的手微妙地抽动一下，放开了巧巧。近得已能看见那张长脸上的五官了。随之是五官间的冷漠，那种见人见鬼见多了，带着牢骚的冷漠。深夜值勤值得百无聊赖，非找出点儿麻烦来提提神的典型油子警察。小叫花子称呼的"保长"，近得连他带烟垢的牙也看清了。他说："你俩是干啥的？"

陈国栋没答话，只笑了笑，样子是没懂他的提问。

"问你俩是干什么的？"他恶起来。

巧巧见他这时正盯着自己。她明白了，他从她进入他的领地就没有停止对她的留神。她缩坐在尼龙包上也好，她伸展开来睡在长椅上也好，她这一个多小时都在他的掌握中。巧巧莫名的一阵畏缩，似乎触犯了她不懂却存在的戒律。或许好端端的黄桷坪不待，跑到千里之外，就是个触犯。她听陈国栋解围地说，她是来走亲戚的。她看一眼陈国栋。他说谎说得如此自如，连巧巧都要相信自己是来闲走走、闲住住的乡下亲戚。陈国栋笑得不卑不亢，也没去口袋掏香烟盒，像其他被警察找了别扭的人那样，先敬根烟做个低级拉拢。

"走亲戚？"警察迅速看看这男人，又看看这女孩。女孩还只是女孩。"走什么亲戚？"他面孔对着巧巧。

巧巧觉得自己身上疑点不少。她笑了笑，笑得很不巧妙，她知道。

"这不是吗？"陈国栋接过询问，"走我这个亲戚，我是她表哥，我……""我问的是你吗？！"警察拔下嘴里的烟卷，往地上一砸，一脚踏上去。动作果断，狠狠的。能想象他捆人、上铐或耍那根警棍的劲头。他动作的抢白远超过他的言语。"他是你表哥？"

巧巧赶紧点头。谎扯得不算太大，不要认真的话，黄桷坪的人谁同谁都沾点儿表亲。她垂下眼皮，在长脸警察面前老实巴交地立正。

"那你刚才咋一个人在候车室里待着？待了两小时？！"

巧巧想说，没两小时，一个多小时而已。她却没吱声。不能和警察抬杠。她感觉长脸警察两束很亮的目光正把自己照在里面。他似乎让她知觉到，这是他给她最后的机会，回到他的保护中的最后机会。许久后，巧巧回想这个夜晚时，才真正明白，那确是最后的机会，来自那位长者般严厉却明明为你好的壮年警察。这时的巧巧抬眼看看他阴沉的长脸，又瞥一眼陈国栋。这一系列细小举动后来全被巧巧一一记忆，被一一回想，那时的巧巧把这时的巧巧看得清楚至极：凭什么你就相信了他叫陈国栋？凭什么你就把自己交给了一个自称陈国栋的陌生男人？……

"我弄错了火车班次，害她等了一个多小时！"陈国栋表情坦荡荡。警察瞅着他，似乎说，好，表演得很好。

许久以后巧巧才明白自己就是从这时开始闯下那场大祸的。那时她回头来看这一刻，这个关头，想，长脸的警察大叔突然翻脸就好了。像她在录影带里看来的所有不动声色的冷血警长那样，把一对显然有疑点的男女扣下来，细细地审，使审出的结局和他警犬般的直觉渐渐成一个等数。

　　长脸警察这时见那年轻的同伴走近来，回头说："没事，给你媳妇儿打电话去吧。"表面上的刺儿能挑的他都挑了。表面上看事情大致合情理，他可以向自己的职业良心作交代了。乡村少女还毕恭毕敬地立正在他面前。四十大几的警察对自作自受的女孩子见得多了。她们不需要他来救她们，他也救不过来。有打的，有愿挨的，这也组成情理世道。他厌倦地朝这一男一女摆了摆手。手势是清清楚楚两个字："快滚。"

　　两人快步穿过马路，怕警察变卦似的，走入幽深的街道阴影。巧巧在暗处回头，见长脸警察一动不动地站在原地，很无力的样子，双肩垮塌，完全没有成绩感的一个夜班警察。不知为什么巧巧突然想到了潘富强。一个奇怪的想法在许久后大错铸成的巧巧心里挥之不去，那就是：潘富强和这夜素昧平生的壮年警察一样，是知道底细的。此类女孩涉身的此类故事的底细，其实是个颇为普及的乡村女孩的故事，有无数个巧巧看不见的同类，都是山窝里窝不住的金凤凰。

　　就在巧巧随着叫陈国栋的男人走出长脸警察的视野时，巧巧感觉到一阵完全没有道理的恐惧。深深的恐惧其实是来自宿命之感。只读了五年小学的巧巧当然不拿自己此刻的迷乱心境当真。她只想一到旅馆，和曾娘她们会合，就全妥了。陈国栋和她天上一句、地下一句地聊着电视连续剧，夜晚的舶来品市场，以及深圳、珠海。巧巧觉得和他挺谈得来，他从来不说"你连这都不知道"这样的话。也不戳穿巧巧大部分在不懂装懂。一路已聊熟了，她开始喜欢陈国栋不大不小的说话声音，文质彬彬却有五花八门的见识。他们在找那个叫"延河"的旅社。"延河"这样的名字对巧巧这代人已引不起任何有关革命或神圣的联想，基本上已没有任何意义。巧巧随陈国栋经过一些还没收摊的水果贩子，一个个瓜果摆得如同巧巧从电视里看来的团体操。陈国栋告诉她，样子货的瓜果主要是摆给外宾的，西安的各种小贩，包括火车站的小叫花子都会拿英文讨价还价，拿英文耍贫嘴。巧巧就说她长到二十岁从没见过一个黄毛蓝眼的人。一些没关门的小馆子是专为巧巧这类刚下火车的人开的。铺子里带油腻味的灯光泼在街上。也不是油腻味，是油腻的刷锅水味。陈国栋问她要不要吃点儿东西。她的确饿透了，却说不想吃什么。但陈国栋看破了她的相，在一家小铺买了几只包子；然后抓过她手里的尼龙包，让她腾出手来吃包子。巧巧觉得陈国栋对她不仅已熟识起来，并且已变得体己了。巧巧一下感到庞然大物的陌生城市也友好了许多。一群人很热闹地从街心公园走出来，都是老大不小的男女。女人们拎着塑料袋，里面盛一双高跟鞋。陈国栋告诉巧巧，那是自发性的露天舞会，刚刚散场。一台录音机兴致未尽，还在怨声怨气地唱。巧巧顿时认为心里的那点儿惴惴很乡巴佬的：这些陌路男女就在一台录音机的召唤下聚了头，开始了皮肉贴皮肉的相互了解。提高跟鞋的女人们想必是舍不得拿那些鞋来走路，想必那些鞋走路是受罪的。

旅馆在一条冷清的偏街上。旅馆的名字是用橘红色的漆直接写在水泥门楣上的。门是四扇的那种，挨到框的两扇上所有的玻璃都被三合板替代。门内有个柜台，上面写着"服务台"，里面只有把空荡荡的木椅。台面上有个十二英寸的黑白电视，"沙沙沙"地满屏幕雪花。三四分钟后，陈国栋把一个与巧巧年纪相仿的姑娘请了出来。女服务员一点儿不掩饰对这份工作的讨厌，马马虎虎做了登记，核对了陈国栋的身份证，收了两只暖壶的押金，然后便抓起一个串着几十把钥匙的大铁环，拖着两个脚上楼梯，隔两步就把铁环在生铁的楼梯扶手上磕一下。巧巧害怕的城市人就是这样的，无缘无故地耍脾气。巧巧当然不知道她也是和她大致同类的女孩，也是乡村留不住的，只是她与巧巧各有各的流落途径与方式。巧巧认为女服务员脸上青一块紫一块，她还不懂这一种脏兮兮叫化妆。当然是化得拙劣、穷凶极恶的一个妆，痛改前非似的在真正面目上化出想当然的标致。在面目改动上她显然远比曾娘更有野心。

这是个有四张床位的房间。床上因铺着草席和枕席而无法鉴定它们的清洁或肮脏程度。肮脏却在这屋的空气中，是十分复杂、可疑的气味，一些秘密的故事在这里发酵和腐化，当然是眼下的巧巧完全不能想象的秘密故事。她进门一看见四张空荡荡的床便问："曾娘她们呢？"陈国栋说："她们已先睡下了。"在陈国栋交代她厕所和水池的方位时，巧巧已开始解那个结成个大疙瘩的尼龙蚊帐，帐纱腾起一股辛辣的灰尘。巧巧又问："曾娘和小梅、安玲住一间房？"陈国栋说："嗯。"巧巧见陈国栋在她对面的铺上坐了下来，两道奇怪的目光扫在她脸上、身上。巧巧感觉有某种东西使这个男人产生了某种变化。她说："我去跟曾娘打个招呼去。"陈国栋说："明天再打招呼。"巧巧觉得变化中的这个男人已使她不安。她问："她们住哪个房间？"

陈国栋撇一下尖削的下巴颏儿说："就在你隔壁。"他的目光渐渐有了笑意，这笑意使他的文雅立刻成了假象。巧巧想，他这时怎么也该离去了，他走了自己可以方便许多。她于是拿出很不得罪他的腔调说："你还不去睡？你不瞌睡呀？"

巧巧不知道自己这时的样子在一切男人眼里都是有了一点儿情场世故，有了一点儿手段的。她的脸尤其甜嘟嘟的。陈国栋眼里的笑意涨上去，说："我不瞌睡，看见你还有瞌睡？"巧巧推敲他这句话是真放肆还是拿她开心，隔壁的门"嗵"的一声开了，接着出来一串"沓沓沓"的脚步。巧巧立刻了声"曾娘！"走廊的脚步没因她这嘹亮的一声叫喊而改变速度和方向，一径"沓沓沓"，拖泥带水睡意昏昏向走廊尽头的厕所去了。

巧巧的动作快于思维——她一向是行为领先于意识，这一点在不久的将来，在那个不可逆转的转折点上，会得到充分证实——她已跳窜到门口，正要拉开门。这类粗制滥造的楼房有个共同点，就是它们的门窗都因建筑轻微的曲扭而很难开启或闭合。巧巧吃力地拉门时，陈国栋从她肩后伸手，抵在门上；然后他插身到巧巧和门之间，背抵住门，右手背过去滑上门闩。他说："懂不懂旅馆的规矩？大半夜的大喊大叫。"

巧巧看着一尺外的这张清俊面孔。哪里还是中学语文老师？穿的淡蓝衬衫，胸口别支圆珠笔，一副朴素的白边眼镜，就这些，能证明他的正派规矩吗？他眼里的笑意很不一样了，两片镜片是没任何度数的，是个面具。巧巧迅速地想，这个自称陈国栋的男人是不是她最基本概念中的"坏人"呢？她进一步想，自己是否已经落在这坏人手里了。但他多不像她概念中的"坏人"，眼镜下面的目光就是要惹惹她、唬唬她的意思。有点儿像县城马路边上站的一伙没太大恶意的二流子，对过往的年轻女孩都想以激怒的方式来搭搭讪，你骂回去，也绝对惹不出他们的火气。巧巧说："你凭啥子不准我出去？"他说："出去干什么？"巧巧说："我跟曾娘打个招呼。你不是说她们睡了吗？！"他说："旅馆有规定，半夜三更的不准在走廊上说话。"他看着她，两手插到了裤兜里，还是带笑不笑，你识破我的瞎说也没关系。

巧巧对整个局势完全猜不透，但她知道已不再是预期的局势。她拿出让步的姿态，说："那好吧，你快走，我要睡觉了。"陈国栋还是一副随随便便的样子，那样子让她明白，他和她这样耍赖胡闹是因为他对她很有兴趣。他说："你睡了我再走。"巧巧说："你这个人咋这么难缠呢？"她突然发现自己和这个一小时前还是陌生人的男子已基本没有了生疏感。不知两人中究竟谁有这个本事，使一种不近情理的亲近凭空就滋生出来。

巧巧手脚麻利地将蚊帐掖到席子下，圆滚滚的腰身在她屈身时显得越发圆滚滚。她一面动作一面说："那你就看嘛，把我搁在戏台上，我都不怕，照样睡得着。"她从席子下摸出一只袜子，前面客人落下的。她顺手将它扔到门后。陈国栋掏出一盒烟，抽出一支，真打算观赏她入眠似的。他燃起打火机凑着嘴唇上去点烟时，走廊里又有了脚步声。巧巧起身便跑，等他反应过来，门已被拉开了。从门口走过的是个高大汉子。一身骡子般筋肉的高大汉子。他身上只穿一条短裤，裤腿给搓揉得卷到大腿根儿。因此这个几乎裸露的男人身躯在昏暗灯光下宛如噩梦，他看见巧巧脸上才有了醒的意思，下巴猛地往下一落，嘴唇于是启开，露出骡子般长长的牙。汉子似乎是让巧巧唬着了，五官和身体都微妙地蹙起一下，然后脚后跟踩塌了鞋帮子，加紧"沓沓沓"的步子进了隔壁房间。

陈国栋把巧巧拉回室内。巧巧已觉得没什么好玩了，陈国栋的样子也不再是耍俏皮的意思，尖削的脸阴沉起来。两人沉默地挣扭一会儿，巧巧憋足力气抠开他握在她臂上的手，一根手指一根手指地抠，似乎要给她抠出血来了，但那些手指刚被抠开又马上合拢。巧巧说："我喊人啦？"她喘得很大，胸前纽扣也绷开了。他说："喊谁？"她的两个手腕都已捏在他手里。他的目光就这么紧紧逼过来，眼里又有了那股歹兮兮的笑意："早就准备你喊的。不信你喊一声试试。"巧巧说："你骗我——你说曾娘在隔壁！"她非但没喊，还把嗓音又低一个调。她意识到硬闹可能对自己不利。这个有秀才假象的男人别真恼起来，把下面好好的安排都弄糟了。她此刻还相信曾娘不可能不对她做安排。

"想不想听实话？"陈国栋头一偏，很自信的微笑。坏就坏在他样子不可恶，不像干得出缺德事的人。

巧巧看着他，嘟起嘴。她这一种嘟嘴在家在外，使许多事都得到圆场。她这副孩子式的被动顽抗可以使任何男人都不和她较真儿，或干脆娇纵。陈国栋显然也是吃她这一套的。他说："想听实话就乖点儿，上那儿坐好。"

巧巧不情愿地拧身走到床边，坐下。右手的食指伸在带弹性的金属表带里，转过来转过去。两只蛾子围着灰蒙蒙的灯泡亢奋地翩翩萦绕，竟有细微的撞击声出来。陈国栋靠着门看她一会儿，一副随随便便的样子，坐到巧巧的床边。巧巧只觉得整个世界往下一陷。他紧挨她坐了下来。"曾娘叫我照顾你。"他脸对着他们对面的空床、一大团乱七八糟的蚊帐说话了。巧巧说："要你照顾。"

巧巧的视野边沿，一缕淡青的烟缭绕着侵犯过来。她想挪开些，却下不了狠心。她想她可别乡里乡气的，萍水相逢

的男女也是搂抱着在公园跳舞的。坐着坐着，巧巧就有些急
了。急着想看下一步到底是怎样的，曾娘到底怎样安排了她。
她猛地就明白了，曾娘的用意是把她和这个陈国栋撮合到一
块。曾娘是让巧巧拿主意，对这个陈国栋，她要巧巧自己看
着办。巧巧感觉身边这个男人贴得越来越紧，不动声色中，
他的身体在施加某种压力。巧巧渐渐撑不住了。她问："我
们什么时候去深圳呢？"

陈国栋长吸一口烟，把烟蒂扔在地上，脚上去踩一踩。
他刚腾出的右手很顺路地便到了巧巧背上。隔一层衬衫，巧
巧光润的脊梁对他手的形状和温度，以及手指上那个能当顶
针用的金戒指都感觉得清清楚楚。这只手在她背上走了两三
个来回，便伸进了她的胳肢窝，一点一点地拱，一点一点
地去够着什么。巧巧突然明白它在往哪里拱，在够什么。她
一把推开他。推的狠劲儿是真的。她以那狠劲儿说："问你，
哪天去深圳？！"

陈国栋再次伸手过来，整个身体也跟过来了。巧巧双手
推他，手掌全力抵住他瘦骨嶙峋的胸脯。她看他开始不高兴
了。不高兴拉倒，巧巧刚满二十。她发起横来，终于从他怀
抱中夺回身子。那股向外挣扎的惯力把她自己撞在窗下的写
字台上。她开始流泪，眼睛只去看自己跟前的一块地面。眼

泪如煮沸的水，一会儿出一股，一会儿又一股。陈国栋像是
很敬重这些眼泪，竟收住了胡闹的架式，就那样看着泪珠挂
在她下巴上，猛地一落，落在她衣襟上、地面上。他有一丝
心疼似的。一会儿他站起来，好像要离开的样子，却又不忍
或不舍把她一人撇下流泪。气氛给弄得难堪和狼狈，他似乎
想对此负些责任。他差不多是庄重地走到巧巧面前，抬胳膊
的姿势也是沉沉的，一生祸福在此一举似的。这就使巧巧解
散了浑身的抵御。他把她轻轻地、又是重重地揽在胸前，把
她的下巴颏搁在自己肩上，让她好好地委屈一番。仿佛巧巧
的委屈是在另一个男人那儿受的，而他是来驱散这番委屈，
给予她抚慰的。巧巧也感到方才确实受了伤害，此刻也确实
受到了慰抚。他一点儿也不惊动她，等她全部投靠自己，接
受他所有的哄拍。他感觉火候渐渐到了，时机终于熟了。他
慢慢地、不露痕迹地一点点将拥抱着的两人往床边移；然后
又慢慢地、不露痕迹地将站立的拥抱倒卧下去。一点儿痕迹
也没有，不是欺负、占便宜，只是一对男女间的瓜熟蒂落。
他的嘴唇贴到巧巧咸咸的嘴上，也是慢慢地，像外国电视剧
中人物那样，很凝重，很生死攸关。他降服女人的十八般武
艺往往只需比画出一两手。他从刚才的第一次进攻中摸准了
巧巧，摸得实在很准。她原不是他想象的那样轻信和轻浮。

这样，他清楚第二个攻势应如何采取。他知道从这以后，叫巧巧的山村女孩便是他手上一团泥，捏方捏圆都是他的事。

第二天巧巧跟陈国栋上了火车。是北上，而不是南下的火车。巧巧一副"人家的人了"那种甜蜜感伤的神情，望着火车窗外渐渐由绿变黄的景色。火车往西北一径走去。景色中出现了一些很不同的山，和巧巧家乡的那些山很不同的。有时她会从白日梦的似麻木似舒适的状态中一个哆嗦醒来，不知身在何处地向对面椅子看去，无论她看到睡着或醒着的陈国栋，她的惊魂才忽悠一下落定。陈国栋绝大部分时间是睡着的，巧巧便去摸中指上那个戒指。上火车之前，他把它从自己手上摘下，套在巧巧手指上了。还是有几分仪式感的。他告诉巧巧，他有个舅舅在甘肃西北边做养路工。他从来不知父母什么样，记事时他们都不在世了，舅舅是他唯一的长辈。舅舅供他念到高中。舅舅托人将他安插到了深圳，那时深圳刚开发。他和巧巧的事谁不做主舅舅是要做主的。巧巧于是便跟了他来千里迢迢讨舅舅一声道贺。

一天火车坐下来，巧巧心里的动乱平息了不少，因而也就渐渐睡踏实了。正睡熟却被喊醒，到了到了！巧巧睁开眼，见窗外漆黑，陈国栋把自己的黑色人造革拉链箱子和她的尼龙包都从行李架上取了下来。火车正跟跄着减速，她跟在陈国栋身后，困得云里雾里。一脚踏出车厢，落在冷寂的水泥地面上时，她才"嗯"的一下浮出混沌。风竟不凉爽，却尖厉。巧巧第一次触到这么硬的风。是个比黄桷坪镇上的火车站更小的站，一共十多盏灯，那之外便是密封般的黑暗，巧巧和陈国栋是唯一下车的人，回过头，身后的火车已开动，一个个亮灯的窗口很快被黑暗吞淹。

陈国栋催她走快些。她问他什么时候离开这里，再去乘火车。他笑她："你还没坐够啊？"她直是问："什么时候再坐火车去深圳？"他马上告诉她，她想什么时候就什么时候。巧巧觉得他这样大声的不假思索的答复像是敷衍她，又像真对她有那么宠惯。

他俩在候车室等天亮。还有个把小时天就要亮了。陈国栋告诉巧巧，这里天亮得晚，在深圳这个钟点太阳都老高了。巧巧就想，深圳真有那么好——太阳都出得勤些。陈国栋又告诉巧巧，这是一座县城，还要从县城搭长途车，才能到他舅舅家。巧巧说，哦。她记得他说，一下火车就是他舅舅家。马上又想，也别跟他太认真了，城里人讲话都是个毛重，不能论斤论两去计较的。得了肺痨的慧慧也把话讲得很神：一家叫"自助餐"的馆子随你吃，包你吃，吃了再拿，拿了又吃，跑多少趟都行，没人来管你。巧巧认为慧慧讲的一定比实情更好、更漂亮。

后来巧巧怎么回想，也不记得自己怎样上了长途汽车，怎样到了"家"。那段时间成了段空白。后来巧巧基本认定，陈国栋在那碗抻面里下了药。上长途汽车之前，他们在火车站对面的小馆里吃了顿早饭，两人各要了碗羊肉抻面。那种小馆没有服务员，要自己去连通店堂和厨房的窗口去端，巧巧倒了碗开水去门口涮筷子，想必陈国栋就在那一瞬在巧巧的碗里做了手脚。

巧巧醒来便看见一个阳光明亮的上午。她从来没有这样一种睡眠，感觉整个人都睡酥了。如同死亡一样透彻的睡眠使巧巧醒来后有些莫名的失落感。她抬起胳膊看小臂上的表，十点多钟。四下看看，陈国栋不在这间屋。这是间很高大的屋，粗笨却实在，墙是新粉刷的，还有鲜潮的石灰气味。床也是粗笨实在，用的木料可做出三张床来。床下堆了些焦炭。窗子没有窗帘，也没糊报纸，太阳透亮地直接射进来。墙上都是阳光，簇新的白色白得人眼都挨不得。巧巧对着虚掩的门缝试着叫了几声陈国栋。这两天她一直叫他"唉"！此刻她也就"唉"了几声。她是他的人了，却总不够正式，总有些不成名堂，因而她学不来城里女子的样叫他"国栋"，而"陈国栋"又太外道。

　　她发现自己就那么和衣入睡，还是一身风尘仆仆的衣裤，袜子都还在脚上。真纳闷儿她怎么睡了如此人事不省的一觉。她怯生生地拉开门，一门之隔是另一间屋，小些，角落里摆了张床，被子乱堆在那里，看上去就臭烘烘的。巧巧好奇：这又是谁的床呢？陈国栋对她说他舅舅大半辈子打光棍。往外走，再是一间屋，是做饭吃饭的地方。很大的铁炉子，上面坐把很大的铝壶，壶盖被滚沸的水顶得温吞吞地一掀一掀。炉子连接一根铁皮烟囱，打着弯从墙上一个洞通出去。

　　巧巧这时来到院子里。一圈用碎砖砌的院墙，一看就是用造屋的残剩拼凑的，倒也是结实的样子。两棵一样的树，一大一小，中间牵根废电线。巧巧吃不准树是不是洋槐。废电线上晾晒着衣服裤子，件件都庞然大物般的大。屋檐下挂着一张腌猪脸，用木棍撑得圆圆满满，如同戏台上的猪八戒面具。还有两只剥去皮的头颅，风干了，眼珠却暴突着，也不知是什么牲畜。脸也好头也好，都给从烟囱里冒出的烟熏得发黑。光是这风这太阳的硬度，都让巧巧意识到她和黄桷坪之间，是隔了十万八千里了。

　　房是筑在坡上的，房后有个没房顶的厕所。房前几百米之外有条土路，偶尔一辆卡车裹挟着一大团灰尘驰过。陈国栋对巧巧说过，前十里后十里的公路都归他舅舅管。远近不见一个人。黄桷坪的天空偶尔还爬过一架飞机,这里连飞机都没有。巧巧因而断定这儿是比黄桷坪窝得更深的山窝。接着她心里一笑,这都是不相干的,反正两三天后她就和陈国栋南下深圳了。陈国栋这时显然同他舅舅出门去了,丢下她把屋内屋外参观了几遍,时间仍是打发不掉。巧巧想,一辈子的清闲拿到这一刻来,都开销不掉。她懒懒地回到屋里,看着墙上挂着一个旧镜框,里面有四五张小相片,都老旧发黄。只有一张彩色的,上面有"西安大雁塔留影"一行字。上面是个直眉瞪眼的男人。巧巧从没见过如此无表情的面目。突然这面目奇怪地眼熟,她却想不起在哪里见过。突如其来的诡异感使她顿时心焦起来:这份眼熟一定有缘由。焦灼中她便不知怎样来度过这段等待了,三个屋连带电影明星的画报纸都没有。她揭开一口大铝锅的盖子,里面有三个巨大的馒头。巧巧揪了一块来嚼,不知不觉把一整个馒头无滋无味地全吃了下去。她是就着读报吃下去的,都是哪辈子的旧报纸,裁得四四方方,巧巧当然知道那是用来上茅厕的。她方才就用了几张。

　　肚子一饱巧巧又回到床上,于是又来了一觉,这一觉是被汽车引擎声惊醒的。巧巧想,坦克大概也不过这么响了。陈国栋告诉过巧巧,养路工的舅舅有辆小卡车。她一下跳起来，忙着从尼龙包里抓出毛巾、梳子。两天两夜没洗过脸，也没梳过头，未必这副样子去见长辈？她把大铝壶从炉子上拎下来，在一个磕得疤疤瘌瘌的花搪瓷盆里倒了些水，烫得她直跺小碎步。她听见车停在了院外，"嗵啪嗵啪"的脚步朝她逼近。一听便是很大的大脚，迈着很大的大步。巧巧连撕带扯地梳着许久没洗的头发，打算梳成一支马尾，却有人进来了。她嘴里叼着梳子回头，一个大个头男人站在门口。巧巧不知怎么办，他也不知怎么办。巧巧还是给了个飞快的笑，在人家里做客啊，笑的同时，她含糊一句："回来啦？"恰恰他也在含糊："起来啦？"巧巧奇怪而恼火，陈国栋怎么迟迟不来做介绍？于是她往大个子后面望了望，问："他呢？"

大个子男人的脸和相片上一样无表情。他像没听懂巧巧的话，进屋佝身从床下拿了双鞋便要走的样子。巧巧再次感到她在哪里见过他。他穿一身蓝色劳动布工作服，颜色败出一层灰白，胸前的"安全生产"字迹也将化在这层灰白里。他的右耳朵上吊着一只口罩，一看就吸满灰尘。他带点儿冒犯的神色将那双鞋相互拍打两下，又含糊一句："锅里给你留着馍。"巧巧险些听不懂他的话。是很侉的话。

巧巧听院里有人讲话，马上跑到厨房门口，口中一声嗔怒的"唉！"尚未吐出，却怔住了。院子里并没有陈国栋，是一个同大个儿相貌酷似，只不过小三个号码的男人在对一条灰狗说话。他一根手指对狗一下一下指点着，在数落一个小孩似的。听巧巧问："陈国栋呢？"他便扭了脸过来，随即嘴巴便龇出很大一个笑。很大很空的一个笑，让巧巧险些呼救。

她本想转身回屋，却听他清清楚楚地说："巧巧。"巧巧再看，他脸上的笑更大、更空洞，然后便连声叫"巧巧！巧巧！"仿佛这不是个正经名字，是拿她开心的一个诨号，或是被他道破的她的一个缺陷，比如"豁嘴子！""麻子！""秃子！"他似乎以这样的道破来招惹她，等待她以同样的揭短来回击。他撒欢地叫起来："巧巧！巧巧！……"

怎么会出来这么个让人哭笑不得的人物？陈国栋竟事先不给她些心理预防。巧巧甚至觉得自己跑错了地方，跑到一户毫不相干的人家来了。这时大个儿男人提着一把很大的火钳，对巧巧说："你不用理他，你就当他是灰灰。"他指的灰灰是那条灰狗。"巧巧你进来。"他对她摆一下宽厚的下巴。

巧巧进到厨房里，大个子蹲在那儿拨弄炉子。巧巧问："他呢？"形势明摆着是莫名其妙的。大个子脸躲着一蹿一蹿的蓝色火苗说："是自己兄弟，傻也好疯也好，总不能撵出去。"他站起身，拍拍巴掌，眼仍盯着不断壮大的火势说："还有个弟弟，比这个大两岁，脑筋比这个路数清楚些，没看住，跟上汽车跑了。死在兰州了。"巧巧想，这和我有什么相干？一阵烦躁上来，她嗓门儿也有些撕扯："我是问他——陈国栋！"

"陈国栋"三个字像外国话，在这大汉脸上引出彻底的无知觉。巧巧看出这份无知觉的真切和诚恳，心失重般浮向喉口。事情出了大差错了。千错百误的巨大荒谬，那种最胡闹的噩梦才有的。巧巧看着大汉直瞪瞪的眼睛："他不是你外甥？！陈国栋不是你外甥？！"大汉看着她白下去的脸，有些怕："你是说前天送你来的那个人，他说他姓曹，他说你是他表妹……"巧巧已经明白了，那个自称陈国栋的人是哪一路人，她已全明白了。黄桷坪附近几个村子这些年走掉不少女孩，那些走得音信杳无的究竟走到了何处，她总算明白了。原来不是老人们编了老虎吃小孩的故事来唬巧巧这类心不安分的女娃儿的；原来有关"迷蒙药"，有关人拐子拐走女娃儿到鬼都不生蛋的地角天涯去卖大钱；有关女娃儿们被五花大绑，一直绑到生出娃娃，原来这一切都不是人们凭空编造出来，给千古一贯平安乏味的黄桷坪生活开开胃口的。原来真有这一重人间，她巧巧心甘情愿就来了。她进入这里已是第三天，面孔清俊的人贩子以她的昏睡作摆渡，平平安安就把她从那一岸渡到这一岸。难怪她睡得跟死了一样。死亡般无梦的沉睡长达四十多个钟头，他有足够的时间再摆渡回去，继续缺德，继续他伤天害理的行当去了。他知道她不可能再追回去，这大汉出了大价，那只大巴掌连五花大绑都不用给她上，她都是跑不了的。

巧巧急匆匆走回那间卧室，脑子散乱。怎么会没去注意他那个黑色人造革拉链箱子？她怎么会这样缺心眼儿？捆只母鸡到场上去卖，你还得费劲儿撵它一阵儿，还得抓把好米诱它；拴头羊去宰，也得听它"咩咩"地吵闹一阵。一个在黄桷坪一贯逞能的巧巧，竟一点儿没让他费事，绳子都不要一根，自己就跑来挨宰了。她把毛巾、梳子塞进尼龙包。手指触到红底白圆圈的连衣裙，她再次承认这圈套是她自己乖乖钻进来的。曾娘当然也不姓曾，也不是李表舅的表妹。自称曾娘的女人和自称陈国栋的小白脸勾结上从来没干过正派事的李表舅，一番鸡鸣狗盗，把她巧巧弄到山窝中的山窝，连同她正好的年华，天大地大的梦想，一齐弄到这里来活埋。她不知小梅和安玲怎样了，当然是顾不上去管她们的死活了。她把尼龙包的拉链拉上，拎了它便走。却见大汉站在第二间屋门口，两只巨大的手沾满漆黑的煤屑。她走到他跟前，他山门一样挡住去路。巧巧看都不看他，是要撞开他闯过去的意思。后来她在回想这一刻时，怎样也记不清他的神色：他是硬要堵她，还是带点儿可怜相的求她留下，求她别逼他做出任何蛮横的举动来。那时她想，当时或许真能闯出去的；转而又想，怎么可能给你闯过去？花那么一大笔钱，那么便宜的吗？他既不会便宜你也不会便宜收了钱的人贩子。硬闯会怎样？那两个极大的黑手可以一把拎起你，扔回来。

巧巧这时嘴还是好样儿的。她说："你们合伙拐卖妇女，老子到法院告你龟儿去！"大个儿说："我啥时拐卖过谁？我花钱请人给娶个媳妇儿。"他样子很老实很老实，真心认为自己的道理站得住的。巧巧说："娶媳妇儿？也不撒泡尿照照自己去！你娶媳妇儿还要人家心甘情愿吧？拿药药来的，也算你媳妇？"他说："咱有结婚证哩！"说着就把两根黑指头伸进"安全生产"那个衣兜里，夹出两个红本本。他小心翼翼捏着它们，怕手上的黑抹上去。他让巧巧自己打开它们，自己去看。她一把夺过来。真的是"结婚证"，上面盖着一个陌生城市区政府的钢印。一并排的两张相片，一张是这庞然大物的，另一张是巧巧。铁证如山。一个月前李表舅领她和小梅、安玲去照相馆照相，说是预先寄到深圳，早早把工作证和临时户口给她们办下来。

巧巧从结婚证上抬起头，才晓得"天昏地暗"不是戏里唱的。力气全跑光了，她连撕这个红本本的力气也没有。一下竟没扯烂它，那庞然大物伸过巨大的黑色的手，同她争夺起来。她开始撒泼，骂出最脏、最野的话，同时把那个红本本窝在胸前，以整个后背抵挡这个名分上已是她丈夫的男人。她用身体维护着，来完成这个撕毁。那个把她跟他盖到了一块的大印是非撕毁不可的。男人从背后伸过手来逮紧她两个腕子。他名叫郭大宏。这名字白纸黑字写在红本本上，她不愿看，不愿认得，还是看见了，记住了。于是她恶毒污秽的咒骂是指名道姓的。郭大宏又粗又长的胳膊缠裹着巧巧，她两个腕子要被他攥断了，他并不要拿她怎样，只要那红本本无恙。巧巧满脸糊着眼泪鼻涕、骂脏话骂出的唾沫，身上一件嫌小的细格子衬衫早已被搓揉得沿她身体往上褪缩，牛仔裤却在胡乱踢打中往下落，一段空白身子露在外面。郭大宏承受着巧巧对他祖宗八辈的毒咒，只连声说："这可使不得，这可使不得。"不知是指巧巧的疯狂骂街还是指她对红本本的拼死撕扯。巧巧的谩骂中夹有揭露："凭什么和你结婚？！不去屙泡尿照照去，看看自己有没有骡子好看！你以为诓一个女人来就行了？就能像骡马配种了是不是？！"郭大宏一面摁住她的跳脚，一面也有几句答复："我咋知道你不同意？

小曹说你早就同意，要不咋寄相片来了？"巧巧勾起脚向后踹，很端不到点子上，两只手又给制伏得死死的，劲儿也使不舒服，怎么动怎么窝囊。于是嘴里更是千刀万剐的凶狠。骂一阵又出来了学生腔："都什么年代了，你们还想搞封建奴隶制啊？还想虐待妇女，强迫婚姻啊？！"郭大宏搭上茬儿说："你不愿意你收啥钱？攒一万块是容易的吗？"巧巧心想，妈收的那一千块是由这儿来的。妈一辈子没抓过那么厚一沓钞票，唬得魂都不附体了，直是催巧巧写个收条。巧巧动作慢下来。老实的黄桷坪人，拿人家手短。没想到这骡子为她给出去一万块，为她这么舍得。看不出这大牲口倒是腰缠万贯哩！人家花了一万块，自然显着在理，随她撒野，也不同她一般见识。

　　他见巧巧有些认账了，便哄她一样说："把那本本儿给我吧，撕坏了，赶明给你上户口，也不好办。"她明白了，他牲口是牲口，毕竟挣国家的钱，占着个城市人口的名分，而城市户口是黄桷坪女娃儿们梦寐以求的头一桩事物，通过他她得到个城市户籍是顺理成章，水到渠成的。哪个城市先不管，总之是有份城市口粮，有个城市居民身份证的人了。可这也算城市？连黄桷坪的镇子都比它繁华十倍。在两个人撕扯不清的过程中，其实双方已完成了不少相互摸底与刺探。

比如大宏说："亏不了你的，我一月挣一百多还加奖金、夜班费。"巧巧就说："哪个稀罕，要是我到了深圳，一月就挣得到一千！"大宏说："那是婊子去的地方，除了婊子就是骗子！"巧巧烈马似的一蹴一蹴："我不管！我就是要去深圳！"大宏说："等咱有了钱，我带你去还不成？"巧巧嘴里仍在咬牙切齿："哪个要你带？我认都认不到你！"她心里却想，哦，一个月一百出头呐。很快算了一下：一年能存出一千块呢。她又想，这个人看上去倒憨厚，恐怕还有点怂；潘富强老婆要敢这么无法无天地闹，十顿揍恐怕都挨了。她的恨却还发不尽，对那假装书生的二流子，她扯直嗓子喊："哪天老子非找到你，你个流氓骗子断子绝孙的龟儿子！"

这时门口站了个人，人旁边坐着灰狗。也不知人和狗待在那儿多久了。郭大宏一边对付巧巧，一边说："二宏你滚，有啥好看的！"巧巧立刻找到个新的发泄目标，对门口那人和狗说："滚！滚蛋——看什么看？！"叫二宏的人一脸很好看的样子。他好意地指着她对大宏说："她肉都露出来了。"巧巧疯得一脸都披挂着头发，她说："八辈子丧阴德，养出这种傻子！"郭大宏说："二宏我叫你走嘛，把门给我关上！"二宏恋恋不舍，听巧巧声音越来越嘹亮，怒气把垂挂在鼻子、嘴巴上的一绺头发一会儿吹得飘舞一下，"八辈子丧德，傻得猪都不拱，狗都不啃，傻得屙牛屎！”大宏说：
“他傻他老老实实地傻，又没惹你。”他说着一脚踹在门上，
门把傻子二宏和灰狗灰灰关在外面。巧巧两个手腕和小臂给
郭大宏的手抓得乌黑，她十个手指全麻了，冰冷冰冷。结婚
证落在地上，两人都没意识到。他们已忘了最初让他们扭作
一团的道理。却不断有新的道理产生，“你再骂我弟弟，我
可真揍你啦！”“他朝我身上看，我就骂他！”“你骂什么都
行，不准骂我妈！”“不骂你妈我骂哪个？不是你妈造的孽，
哪有你们这种现世东西，还拿我来现世！”“我妈惹着你了
吗？她老人家走了都二十年了。你骂得着她吗？”“我偏要
骂！”“你再骂一句看看！”“你当我不敢？”“你试试！”“我
不用试！”“再张一个嘴，我拿大巴掌拍你！”“我就张！”

门却又开了，傻子二宏指着巧巧：“白肚皮，白肚皮。”
巧巧的衬衫卷到胳肢窝下面了，整整露出一尺来长的一段身
体，上面有两个乳房半圆的底基，下面有个深深的肚脐。巧
巧意识到傻子已拿她享了眼福，一下弓起身，蹲在地上。接
着她干脆一坐，脸枕在胳膊上，“呜呜呜”地哭起来。

巧巧哭了很长时间。太阳也落尽，风也起了响声。巧巧
哭得身上有舒筋活血的意思，一辈子的别扭都疏通了。屋里
全暗了，关闭的门缝溢出厨房暖洋洋的气味。有股荤腥油腻

的气味，巧巧认为它很香。巧巧想起黄桷坪哪家漾溢出这样的香气，便是大事了。巧巧不哭也不动地默望一会儿窗子，窗子外的色泽一层层在深起来。傻子二宏不清不楚地在厨房说着什么。她起身，推开门，没太多不好意思。一股浓郁的香味是新鲜的肉加上八角大料、酱油烹煮出来的；另一股来自腌腊的肉食。总之这里的香味非常热烈，把巧巧的生疏和委屈部分地驱散了。她眼前一大一小两个神情举止、眉眼身形都很相像的男人，正在谐调地值厨。大宏提着长柄锅铲，二宏双手捧一大捧土豆丝，大宏说："来。"二宏手便一松。大宏杀鸡使牛刀地挥动锅铲翻动那点儿东西。这里什么都巨大。不久大宏告诉巧巧，这儿原先有五个道班工人，除大宏外全跑光了。做买卖、做民工、做城里的保安去了。二宏不算编制，他拿的是合同工薪水。大宏在蒸汽腾腾中看看哭得红彤彤的巧巧。二宏也看看她，对大宏说："巧巧！"表示他不傻，他认得这个陌生人巧巧。

　　巧巧看到两个男人做的活路。都做得不好，倒取长补短凑出一份谐和。一个半导体在桌上放出《血染的风采》。这里也有《血染的风采》。在一切都一去不返的那天，巧巧回忆起这厨房里的温暖、气味、歌声，她那时明白此刻的自己正是在听《血染的风采》时被打动了，使她得到假象的归属感。

她当时想，这里也有那么激昂浪漫的理想和"风采"，原来这对兄弟也不知不觉地与她分享同一种高尚浪漫的愿望，歌中那夸夸其谈却很中她意的愿望。歌词越来越昂扬，开始肉麻。巧巧一贯把令她爹起鸡皮疙瘩的歌词曲调看成神圣。她在这时便看看两个男人，涌来莫名的一阵鄙薄与愤慨：他们也配《血染的风采》！这样愤慨过，便又紧随着出来一股莫名的悲天悯人（包括对她自己，尤其对她自己）。眼泪再次流下来。这回才是真哭，真正从一个痛痛的深处涌出哀伤。一个女人认了命，自己是不知道的。巧巧自认为她从不会认命，心里还有劲头："别想拦我，等我羽翼丰满，我还是要远走高飞。"巧巧是在许多日子以后来回想这个晚上时，才懂得自己；她那时才懂自己其实跟祖母、母亲、黄桷坪一代代的女人相差不大，是很容易就认命的。

这样的真实的伤心她不想被人看见。她讨厌大宏眼里直瞪瞪的关切。她便又快步走回卧室。十多分钟后，她听见门被轻叩几声，她把聚在下巴上已冷掉的泪水抹在肩头。大宏把一个汽油桶搬进来，二宏将两个铅桶的水注进去。汽油桶上半段给截了。巧巧看明白了，这便是她今后的浴池。大宏说："先洗洗吧，饭熟了我叫你。"二宏也说："洗洗可舒服了。"她不吱声，倒不想哭了。二宏认真至极地将两桶水倾入汽油桶，很快屋里起来一蓬温暖。大宏像走进别人家那样手脚别扭，他打开一个木箱，拿出一条崭新的毛巾和一块未开封的新香皂。巧巧想，好哇，全准备齐了呢，她不接他递过来的东西，大宏就把毛巾香皂搁在床沿上。她看着他的背影想，以后对他使使小性子，他倒不会计较。突然被自己的念头唬一跳：怎么同这个人就"以后"起来了呢？

　　这天晚上巧巧吃得很饱。闷头猛烈地吃，也不理给她夹菜的大宏，自己在碗里公然横竖翻拣，挑出瘦肉。半张猪脸切了一大盘，巧巧翻拣出耳朵和拱嘴，她从小爱吃这两样器官。大宏赶忙把那盛猪脸的盘子换到她面前。巧巧吃得二宏眼睛直眨巴，一口菜嚼到一半，下巴松开来瞪着她的筷子四方起舞。她心里冷笑，你们该我的、欠我的，就供着我吃吧。她扒完一碗饭，见大宏的手已张开等在那里，等着接过碗给她再添一碗饭。这时两人眼睛碰在了一块。巧巧心一乱，自己起身盛饭去了。刚才的一眼使她糊涂了，竟有点儿暗递秋波的意思。再回到饭桌上时，她更是吃得一心一意，像要噎死自己。她也不明白她在惩罚谁，自己，还是大宏。却是二宏受了惩罚似的，说了声："巧巧！"声音中有种痛苦。她把碗一搁，起身便走。开前门时大宏问她是不是去厕所。她不吱声，甩上门。刚走几步，一支手电跟了上来。大宏也不吱声，一直跟到厕所门口，然后高擎着手电，使光从厕所墙头越过。巧巧不紧不慢，心里说，爱伺候你就伺候吧！

这夜巧巧一人躺在大宏的床上，想该把自己怎样。大宏很知趣，连这屋的门都不进，和二宏搭伙睡那张污糟一团的单人床去了。这个局面一直撑到第九天，巧巧先熬不住了。她问了，她想有人搭腔，有人做伴了。她端着一盆洗脚水，挽着裤腿，露出洗得粉红的小腿和小臂，对大宏说："你自己床上有条母狼，等着吃你，是吧？你非要到别个床上去挤。"大宏并没有喜出望外的意思，直瞪瞪看她一眼，似乎她的话要这样连听带看才能完全弄懂。他看见巧巧的牛仔裤松松挎在髋上，走一步，金属的皮带钩便"叮当"一声。然后大宏从那口箱子里掏出两个荷叶边枕套，两块"喜鹊登枝"枕巾，一条粉红底子中央和四角印花的床单。巧巧上来帮他铺床，心里对自己说，人家早张开天罗地网等着了。再想，和那姓曹的（现在她知道陈国栋是没有的，有的就是个姓曹的人贩子）怎么就那么服服帖帖？怎么你"不要不要"地就要了？还是女儿身就往上送？倒是那流氓恶棍比这郭大宏好、比他般配、配得上来糟蹋我？九天下来她已看出郭大宏的厚道、勤劳。他没有值得她爱的地方，因为没有本事的男人才厚道勤劳。在事情不可逆转的将来,巧巧记起这一晚,她把自己看透了,把大部分女人也看透了:女人不会爱一个男人的厚道勤劳,她们只会和有这两种德行的男人去过日子。巧巧在那时会明白,自己和所有自命不凡的女人一样,她们要这样的男人是因为他们是可以偶然欺负欺负的;爱不起来,拿来开开心、出出气,也未尝不是一种满足,甚至还有份怪诞的快乐。

灭了灯后,巧巧感觉到大宏的紧张。她自己却松弛至极。她因这种松弛而满心优越。三十七岁的郭大宏还是摸摸索索、走走停停,她就像看好戏似的随他乡巴佬进城那样生怕迷路,生怕违反交通规则。她留了些衣物在身上,凡是她留的他一律不动。最后巧巧把剩的衣服脱了,他便也跟着脱了。竟没太多不适,巧巧想。她终于把一只手搭在了大宏梆硬的脊背上。大宏还不敢拿她快活,战战兢兢几下便完成了。两人谁也不理谁地静静躺着。巧巧有一刹那想问大宏经验过女人没有,马上又丧失了兴趣。她知道大宏一定也在推敲她,他一定很有兴趣来了解她。巧巧虽然毫无功夫,显然已没了羞怯、疼痛,门那边有轻微动静。大宏知道是二宏在听房,或扒在门缝上往黑洞洞的屋内窥视。什么也看不见,这呆子却可以想当然。巧巧突然蹿起,抓起床边大宏的翻毛皮鞋,对着门砍过去。灰灰爆发一般吠起来。

　　巧巧发现自己怀孕后，一个字也没对大宏说。她在这方面很无知，算不清孕是谁给她怀上的。姓曹的一天一夜折腾了她好几回，她想肚里的多半是个小流氓恶棍了。她为郭大宏不平，付一万块给那舅子，那舅子还在两人眼看要过顺当的日子里插了一脚。早晨起来巧巧对大宏说，这几天胃不舒服，想找个医生看看。大宏说他可以带她去县城的县医院。巧巧见他什么怀疑都没有，这些天的好伙食都能在她越来越圆的脸蛋子上看见了，他却什么也不盘问：吃饭时倒没见你胃不对劲儿。大宏只说县医院的医生和他有点儿交情的，他爸他妈都死在那里的。巧巧听这话就锋利地瞟他一眼，嘴里没骂出来：这叫什么猪头猪脑的话？！大宏也不知道她怎么就上来了脾气。他从来不知巧巧什么时候恼，为什么事恼。她说恼就恼，等他意识到她已差不多恼完了，好转来了。他没一次跟得上她。他也不哄她，他不知道女人是吃哄的。他就蹑手蹑脚，并叫二宏也蹑手蹑脚。

　　巧巧从屋里出来，身上穿了条红底白圆圈的连衣裙，胸脯绷得圆圆的。大宏想说："去做客呀？"马上觉得不对。又想说："你真俊！"却怎么也讲不出口，因为他明明感到这个俊不是什么好事。怎么个不好，就更讲不清了。最终他咕哝一句："不冷啊？"巧巧不屑理他地一笑，她坐在卡车上，他一边开车一边侧脸来看她。他想她今天是怎么了，整个人有种奇异的色彩和光芒。他不知道巧巧在脸上做了些手脚，涂抹了些白的红的，眉眼上上了些黑的。巧巧尽他去看，去领略她，她感觉到他目光有很大的一股劲儿，就像他抚摩她的手没什么劲儿一样。巧巧当然不知道，从这一刻，三十七岁的大宏心里发生了一个变化，就是叫爱情的事情突然发生了。只读过六年小学的大宏当然不知道这股不可名状的强烈感受是什么。这股凶猛的温热，使他眼里烧烧的，仿佛涌上来的液体是烈酒。

五个小时后，大宏的卡车停在县医院门口。巧巧认出这儿离姓曹的领她上长途汽车的地方不远。她对大宏说："去逛逛嘛，过两个钟头来接我。"他说他不去逛，没啥逛头，他从来不爱逛。说着便跟在巧巧身后往医院里面走，巧巧又来了邪火，把脸一翻说："跟着我干啥子？我跑得了？脸都给你盖上章了！"她指结婚证上的钢印。大宏站住了，垂着两个大手。她把他的陪伴看成看守、押解。是有些伤她心的。他马上说："那好，我就去逛逛。"巧巧看他走到走廊尽头的亮处，那么高、那么大，一阵带嫌恶的怜悯涌上来。她心里冷笑，我现在跑什么，翅膀还没长硬呢。巧巧从来不去想她和大宏的未来，连她在院墙下开了一小块菜地，撒的芫荽籽、辣椒籽都已出苗；又在墙下搭出个棚，把床下的焦炭移到那棚里，这一切事情都没让她联想到什么未来。有时她没事可干，收音机也听腻了，就顺着小路往坡下闲逛，这都没让她想到她实际上在迎候下班回来的大宏，未来的她将会有无数这种傍晚的迎候。在公路上偶尔看一辆拉满木材的卡车过去，她会想，该打一个大衣柜和五斗橱，衣服以后就不必放在叠叠摞摞的箱子里了。这所有对于未来的打算，都没提醒巧巧，她已无痕无迹地进入了不单单属于她自己的未来。眼下她腹内萌生的胎儿使她只能恐惧和仇恨未来。

妇产科门口的长椅上坐了一些人。整个三层楼的医院阴森森的，只有妇产科这一带有些喜气，巧巧找了个角落坐下来，很快上来个搭讪的。巧巧听出那话里有外地口音，便认真看了她一眼。是个二十三四岁的女人，腹部已有了点儿丘岭轮廓，却是狠狠收拾打扮过一番的。这地方很难看见穿裙子、丝袜的入时女子。丝袜同巧巧的一样只到膝盖下，裙子一撩动，腿便显得一节一节的，有了不同肤色似的。她头顶上还趴着个支支楞楞的蝴蝶结。巧巧当然不知道，她的衣着和自己一样俗不可耐，在日新月异的时尚启蒙中，无救地误入了歧途。她似乎马上也认准，巧巧也是异乡异客，上来几句话都是贬低这地方的，说它的土，说它的不开化，说它才开始普及邓丽君，而对费翔一无所知；还说：这巴掌大的县城一共只有两家百货店，尽是卖大地方五年前就淘汰的时装，而淘汰了的时髦比"土气"本身更土气！她问巧巧来此地多久。巧巧说才半年。她不愿人家想她刚来一个多月就到妇产科。"我来了有两年了，我从江西来的。"年轻的孕妇告诉巧巧。她已确定巧巧和自己来路相仿，都是不甘心在祖祖辈辈生活的村庄里按祖祖辈辈的生活方式继续过活的女子。巧巧也同时认清这位热情女子身上有与自己相同的不本分，或许也是自作自受给人当牲口牵来的。年轻的孕妇老资格地问巧巧几个月了，巧巧脸一烫，说还不知道。孕妇马上扳起巧巧的手指说，我帮你算！一眼看见巧巧手指上黄灿灿一个大戒指，一点儿都不含蓄地表示出眼馋，也忘了替巧巧算日子。她是不能输给巧巧的，便说："我那位也给了我一个，没你这个大，不过式样比你的好。"两个年轻女人暗暗地有了竞赛的劲头，讲着首饰、衣裳、电视机。巧巧是没有电视看的，于是这女对手说到这个电视剧那个电视剧，她只能装成一清二楚的样子。女子感叹："唉，到这种地方，只能看看电视剧里头的人过的日子了。"巧巧更加确定，她像自己一样，憋着一股巨大的委屈，既然稀里糊涂来了，尽量把日子混下去，能挥霍就好好挥霍，能糟蹋就好好糟蹋，钱也好，时间也好。孕妇的丈夫是做驴皮生意的，四处收购驴皮再卖到一百多里外的阿胶厂。她问起巧巧的丈夫。巧巧讲着讲着，自己都唬了一跳：郭大宏从她嘴里出来，便成了个没挑的男人，有房有地，挣国家的钱，捞着夜班外快，还有辆专车。当年轻孕妇说到自己基本上和婆婆、公公、小姑子、小叔子过，因为丈夫十天有八天跑在外头忙生意。巧巧更是优越了她一头，她不必处理婆媳、姑嫂这类普天下最万恶的关系。巧巧描述的大宏相貌也不差到哪里去，高高大大，脾性随和。江西女子不想示弱，说她驴肉早吃倒了胃口；阿胶那么贵重的东西，闻了就要吐；怀上孕就想吃兰州的白兰瓜，驴贩子丈夫就上天入地地去替她买。巧巧心里冷笑：我其实没太逞强啊，讲的大致都是实情，你何必非要占我上风？巧巧再一想明白了，原来自己这份生活是激起别人竞赛心理的。也就是说，她是被人羡慕甚至妒嫉的。进一步（或退一步）想，巧巧原不是被彻底作弄了的巧巧；她原来在江西女子眼里颇幸运，幸运得值当江西女子两眼亢奋地争强好胜，非压巧巧一头不可。原来并没有那么不幸，姓曹的人贩子也没那么十恶不赦，大宏也并不是不值一提，而且一经提起，他那些长处都很上台面的；二宏废物是废物，毕竟不像个婆婆那么难缠，对付他可以像对付灰狗灰灰那样彻底漠视。巧巧几乎要感激这个萍水相逢的异乡女子，她给了巧巧一个客观立场，让她看到自己不仅过得去，还有那么点儿令人眼红的福分。

妇产科医生是个表情冷漠的中年女人。戴胶皮手套的冰凉手指伸入巧巧身体时，巧巧产生了联想：母亲伸手指到母鸡肛门里，去探摸是否有临生的蛋，然后决定是否在下一天赶场时卖掉它。巧巧在回答提问时尽量不流露四川口音。但口音显然十分浓厚，女医生的冷漠中有了狐疑，她说："人工流产得你丈夫来签字，万一出意外家属得负责。"巧巧说："哦。"她的鄙夷浮现到口罩表层："以后知道了？检查只脱一条裤腿。"巧巧说："哦。"女医生目光很奇怪，像自言自语又说："脱得倒快！还没听清楚就脱光了。"巧巧被打发出来后，恍然悟到女医生把她当成了哪类女人。刚才的江西少妇告诉她，那种女人在广东那边有个叫法的，叫"鸡"。深圳、广州那些沿海地方有，大城市也有，连县城南边的煤矿区也会偶尔来两三个。巧巧想，自己这样的大概算批发货，一手交钱一手交货就完成了买卖。那些叫"鸡"的是零售，几小时一份儿的分割开来，再一份儿一份儿卖出去，悟过来这点，巧巧便对那女医生很愤怒。同时又想，愤怒什么，若不是运气，说不定她正在姓曹的手里给他零售哩。小梅、安玲此刻是不是正做着这桩事情也很难讲。"这么说我是幸运的？"巧巧这才明白，有个正规的妻子名分是值得庆幸的，它能让社会正眼看你，它能使江西少妇那样豪迈地挺着其实也没那么显著的肚子。而一个自由闯荡的年轻女子是充满疑点的，起码在女医生眼里。想清这一层道理，巧巧便负气起来，我是堂堂正正的养路工郭大宏的妻子，二天我非把他领到你面前，你好好瞪大四眼（女医生戴眼镜）看看！

乘车回去的路上，巧巧竟有了种骄傲。她是个正正规规的妻子，有个很拿她当回事的丈夫。这辆开动起来浑身乱响的破旧卡车是她巧巧的专车哩！巧巧眼前的风景也好山好水起来。大宏感到巧巧沉默的快活，快活中有类似扬眉吐气的动弹不安。他想她怎么和去时换了个人？他频频扭脸来看她，她居然对他笑了一下。这是大宏一个月零八天里看见的巧巧的第一个笑容。原来她不光一双手上有酒窝，脸上的酒窝让他心都要化了。

巧巧腹内的秘密却再难秘密下去。她知道三个月后就会有形状出来。无论如何是有一关要过的。黑暗得早了，大宏、二宏收工也早了些。她在太阳落山前煮了锅骨头汤，揉了团面，只等两个男人一回来就往骨头汤里揪面片。巧巧心灵手巧，很快就从大宏那儿学了做面食，很快做得强他十倍了。两个月里，她把大宏摸得很透，想让大宏百分之百服帖很简单，先是一顿可口的饭，同时给三两个顶好的脸色让他瞧，眼神酒窝用点儿功夫，等他直瞪瞪的目光稀软如水了，突然跟他翻脸。闹电视机那场闹，巧巧就这么干的。在床上甜甜地给了一回，抽身便流起泪来，说这日子过不下去。大宏问她哪里又不妥了？她说她迟早是要给活活憋死的，迟早要闷得去撞墙的，白天听老鸹叫，晚上听你这头骡子打呼噜。大宏可怜巴巴地看她抓起什么摔什么。枕头、被子、衣服、鞋子，眨眼间她的脾气刮风沙一样刮翻了屋里的秩序和美观，像是忘记了这二者都是以她的标准建设的。大宏开始还想拉一拉，马上发现她劲头越来越大，越发地手舞足蹈，他连下手都无处下手，刚挨近臂上就出来几道血轨。大宏懂得她的憋闷，二十来岁，憋在离人烟一百多里的四堵墙里。他便满地捡她砸出来的东西，好让她再砸一回。她哭着叫道："谁让你捡？！"他答："不捡你拿什么砸。"她便跺跺脚："我要砸那个座钟。"大宏马上双手捧给她。巧巧当然不会砸砸得坏的东西，于是也就闹到顶了。二宏在一重门外也是哭腔，"巧巧，哥，哥，巧巧"地叫着。本来闹得差不多了，听傻子二宏这一叫，她把脚盆连水带盆朝闩紧的门

甩过去。大宏不顾她抓咬，上来抱紧她。大宏说："别唬着
我兄弟。"大宏说她要什么都行就别那样唬二宏。她说她要
一台电视机，二十英寸，彩色的。大宏告诉她他们原是有一
个十四英寸牡丹牌，四百块卖出去凑足那一万块。巧巧说：
"你以为骗个老婆容易？你跟姓曹的结清了，我俩的账什么
时候结？"巧巧给他两个月限期，买台电视机给她，彩色的、
二十英寸，大宏说："你叫我上哪弄三四千块？去偷去抢啊？"
巧巧说："就去偷去抢啊——你不是活人都敢买，活人都买
得起吗？！"那次闹得很成功，大宏把烟戒了，把存的七个
麝香、两块狐皮，五双公路局发的翻毛皮鞋都拿去托人卖了。
还答应巧巧，再跟熟人张张口试试，看能借到个什么数。

　　这晚巧巧等兄弟俩把一个大锅吃空，她便叫二宏去担
水。大宏说还是他开车用汽油桶去拉，巧巧说："那我去担！"
她知道大宏不会舍得她去。二宏当啷着两个铅桶走后，巧巧
往大宏身上一歪，说他长到三十大几还没长醒，她和他亲热
老跟作贼似的。大宏说："干啥你躲着他嘛！"巧巧说："我
就躲着他！"大宏说："他懂啥，他是个傻子。"巧巧："哼，
他就这一处不傻！"然后她就把头枕到大宏腿上，把大宏
为二宏的辩白堵了回去。巧巧就那么仰着脸说："看惯了你
也不丑。"马上又说，"丑我也爱。"大宏的大黑脸竟泛出红

色，幸福得战战兢兢。她手心在他一星期的胡楂儿上擦来擦去，说："我有了。"大宏没听懂她有了什么，她只好说："我怀上了。"大宏还直着眼，好大一会儿才龇出长长的牙笑了。巧巧认为那是从二宏脸上活剥下来的一个笑，傻得可怕。她避开这笑，冷淡地说："我不想要它。"大宏又一愣，问她不想要什么。巧巧一下子翻了脸："你是真迟钝还是装的？！我要做人工流产！"大宏结巴起来："为，为啥？"巧巧说："你不知道为啥？你要真不知道，就别问了！我跟你商量，是要你到医院签字画押，不然我那天就解决了，气都不跟你吭一声。"大宏还是结巴："到，到底为啥？"

巧巧把自己的身子从大宏怀里断然抽回，站起身，居高临下地对大宏说："为啥子你慢慢去想，反正我不要它！"她厌恶地指着下腹。大宏明白她又打算不讲道理了。他也站起身，这样地理优势就变了。他说："我想要。"他的话不狠，但那深深的诚恳让巧巧感到压力。她冷笑一声："你想要你去怀，你去生啊！"大宏又说："我想要！"巧巧说："好嘛，再去找那个八辈子丧德的人贩子，再找他买个女人来给你生。"大宏哑在那里。巧巧看他手里渐渐攥起了什么。攥起了个大耳光，随时会朝她脸扇过来。但他不会的。两个月处下来，她知道有时他给那一个大耳光憋得要疯了，也不会朝她来。他会去踢狗、捶墙，甚至捶自己脑袋，把那一巴掌的劲儿挥发掉，但他不会冲她来。要真来一巴掌也好了，巧巧便终于有强硬的道理离开他。巧巧对自己心底那个愿望有时知觉，有时无知，那就是她迟早还是要离开这里。尽管她买了只猪崽、四只兔子喂了起来，菜园子越开越大，种上了大白菜和萝卜，准备腌起来过冬，她竟还是秘密地向往脱离这儿的一天。在大错铸成的将来，巧巧忆起此刻的自己，会诧异地想，那时的日子已眼看着过得旺起来了，已温馨起来了啊！将来的巧巧会清清楚楚地看着这时的巧巧，心想，她对面的这个男人真是牛一样的忠厚、马一样的勤劳。

巧巧说："去啊，再去伙同姓曹的拐卖个女人来，放心，我屁都不放一个就让位给她。"她看大宏手里的大耳光在不断地增加马力。她在心里呼唤：快打吧，打了我就能恨你——我不离开你是我还没真正恨过你。他就是不动。他说："巧巧，你看我跟二宏是真心待你的，你咋能这样？"这一句不能说明任何问题的指控使巧巧几乎狞笑了。她就带着这脸狞笑转身去忙锅台上那一摊，筷子给她扔在锅沿上叮当直响。她有心把腰扭得得意，对灰灰说："看着我干啥子？等着我喂你？茅房的屎还没胀饱？"再瞟大宏一眼，见他已是没劲儿的样子了。显然没有足够的智慧来懂得她的暗示。大宏说："是不是，你还是想……"他没想妥怎样说，既能说穿事情的本质又不说得太撕破脸。他想说，你还没死心塌地跟我过，你只是在这里跟我们混，混到机会来了，就飞。他觉得这些话一说出口，不仅巧巧再也混不下去，他自己也难再维持这番稀薄的家庭气氛。巧巧倏然抬头，看着他，已懂了他窝回肚里的话。她又给灰灰一脚："吃屎的东西！"她目光落在灰灰身上说，"实话跟你说，姓曹的不是个东西。"她想，看你这头骡子什么时候才听得明白。她又等一会儿，摇摇头又去刷锅。刷得"唰唰唰"，抓心抓肝地响。她对着锅里的脏水说："不要别个屙了屎，你来吃。"她端起脏水，"噔噔噔"走出门，"哗"地泼老远。回来一手提锅，一手撑着门框，给大宏看，一个劫后余生的女人没什么受不住的，没什么启不了齿的；她的难以启齿，是为他好，是怕他受不住。她脸颊上两团火，眼睛也是两团火。她这副略带恶毒的泼辣模样其实使她非常动人。

大宏受不住了，他把眼睛垂下来，嘴唇摸摸索索地，终于出来一句话："我知道。"巧巧有点所料不及，声音虚了些，问他知道什么。他到处移动着视线，一个屋子没一个地方可以容他栖下目光，他无地自容的目光。他说他咋会不知道？姓曹的那种畜生，什么东西经他手他不糟蹋糟蹋。巧巧咬牙切齿："晓得糟蹋过的，你要来做啥子？还要肚里的这个，你晓得他姓郭姓曹。"大宏不言语了，无目的地掀掀这个、翻翻那个，抽屉拉开又关上，终于在那个装锈钉子残合页的鞋盒里找出半盒烟。他的烟已戒干净了，因而在点着它之后发现完全没胃口，又佝腰在地上熄了它。然后他抬起头来说："是我的。"三个字吃得那么准，巧巧哼哼一声笑，可怜似的、挖苦似的，嫌弃到了极点似的。

大宏坐回到板凳上，胳膊支在高高耸起的两个巨大的膝盖上，又说："娃是我的。"巧巧说："要生下个跟那龟儿一模一样的，你还嘴硬不硬？"她在围裙上擦干了手。粉红的一双手上，两串粉红的酒窝。大宏看着她一双会笑的手，心想，爱这个女人爱成这样，真是受罪啊！他又去看她肉乎乎的一双脚，紫红色半高跟皮鞋是两个星期前给她买的，穿得极不爱惜，这时就踩在鞋跟上当拖鞋穿着。大宏说："那我也要。"

巧巧一下子傻了。过一会儿，她觉得一股冲动，想狠狠咬他一口，看他是不是木头，是不是连痛都不晓得。他看着巧巧肉乎乎的双脚说："巧巧，是你生的，就是我的，我就要。"巧巧整个地锋利起来，嗓音刀刃一样："我不要！你要我生，我生下来就掐死他！我不掐死他我不是人日的！"连她自己都感觉这个叫巧巧的年轻女人可怕起来了，一股狠劲儿憋得她模样都变了。她从来没有过这股狠劲儿，从来没有这股从牙根到指尖直到根根头发根根汗毛的狠劲儿。不知是撕碎什么，还是咬碎什么才能给这股狠劲儿找到出路。不然她一定会疯，说不定正在疯。大宏恰在这时来看巧巧，他被巧巧的样子震住了。他显然看见了她体内正在蕴积的疯，他说："巧巧，你咋了？"

大宏这轻轻一句话仿佛破了个魔咒，巧巧哆嗦一下，泪水淌了下来。泪水很快淌了满脸，但巧巧半点儿悲伤的神色都没有。她的声音变得很低，从她圆润丰美的腔膛深处出来一串又一串不堪入耳的话。大宏感到那个大耳掴子一次又一次被他铁疙瘩般的肌肉运送到掌心，滚热滚热，就是发射不出去。大宏从来没扇过任何人耳掴子。他从小在身高和体力上的优势反而使他腼腆、谦让，舍得吃亏。他只为这个傻兄弟跟人发过几回狠，却也只是扎个要揍人的架式。光那一手抄起二十来斤一块石头的架式，就够警告人们他的不好惹了。他看着巧巧口舌翻动着，骂得五花八门，包罗万象。他觉得非下手不可了。这时已听见二宏吸着鼻涕在唱《血染的风采》，担水回来了。大宏上前一把抱起巧巧就往里屋走，任她踢打翻滚。他把她扔在床上，她却马上反弹而起，劈头盖脑地在大宏身上落下一阵拳头。大宏虽没揍过人，却也没如此被揍过。他长臂一挥，巧巧持续延绵妙语如珠的咒骂戛然而止。
大宏再一看，一线暗红的血从她鼻孔流出来。她像是终于等
来了这一记，"妈"的一声号啕起来。号啕很快转为泣不成声，
这才是个远离家园、流落异乡的孤零女孩的哭泣。大宏万万
没想到她在受到那一掌时会脱口叫出一声"妈"，那个千里
之外，不知她下落的母亲。大宏给她这一叫心里顿时酸胀起
来。才二十岁的一个女儿家，才离开家就落到你大宏这种人
手里。不管她心里怎么委屈，她还是像煞有介事地充当起一
个小管家婆来。替他和二宏拆洗被子，把几大捆劳保手套拆
出线来，给他织线衣线裤，再把它们染成绛红、海蓝；饭桌
上总是有荤有素、有鲜有腌。每件事她都是牢牢骚骚地在做，
但事事都在她手里做得有模有样。大宏这样想着，过去抱住
她。她也不挣扭，嘴里也歇下来。他浑身摸，摸出一个脏口罩，
替她拭去鼻子、嘴唇上的血。大宏心里有那么多疼爱，他什
么都依了她。"你不想要，咱就不要吧！"

两人就这么抱着。巧巧透过睫毛上挂的泪珠去看大宏。
大宏真的没那么丑，再说丑不丑作为个男人不碍太大的事。
巧巧想，说不定可以照张合影寄回去给爸妈。门外传来二宏
孩子般的声音——孩子生怕父母瞒着他相互加害或亲密到完
全遗忘了他、排斥了他的程度。二宏轻声叫道："哥，巧巧。"

两人这回都像没听见。巧巧在想头一封家信怎样起头，是寄一百还是两百块钱回去。大宏正伏在她身上，现在这种动作总算做顺了，劲儿也不瞎使了。巧巧想，这事也没那么受罪的。她身体乖巧地跟随上来，遥远地有了一丝快意。自她发现自己怀孕，她一直躲开这桩事情。她心情好些时叫它"办公"，黄桷坪人就叫它"办公"。她这么多个晚上一连在面孔上挂着"不办公"的表情。大宏对她其他表情懵懂，而"不办公"一眼就看得懂。这天晚上，她把整个身体都开放给了他。她心里有些好笑，大宏渐渐地有了些武艺哩，把她在一个床上摆弄到这头，摆弄到那头。

二宏那边安静下来了。收音机吱吱叫，显然旋钮停在了两个波段之间。平时巧巧最烦这吱吱声音，骂二宏：傻驴一条收音机也听不来。这晚她随它去，骂已经骂过了瘾，也没劲了。大宏呻吟一声，巨大一颗头颅倒塌下来，湿漉漉的濡透了汗，贴着她的面颊。一些汗珠落在她额上、鼻梁上，从热到冷，她感到轻微的恶心。这么爱出汗，一生都脱离不了出汗的这么个男人，让巧巧轻蔑。她想起他一系列出汗的模样：在公路上抢镐时出汗，给厕所出粪时出汗，办公时出汗，吃饭时出汗。巧巧觉得怀孕以来这是她第一次明确经受妊娠反应。似乎是大宏稠浊的汗引发的一阵强烈的恶心。她驮着大宏的分量，那分量在坠落、垮塌，像垮在她身上一堆刚脱出的土坯。那分量渐渐发出长而深的鼾声。巧巧试着从那分量下挣扎出来，却几番失败。这屋真黑暗啊，巧巧想着，比黄桷坪的黑暗还黑。这样的黑暗里她忘了她还能盼望什么。一架电视机，彩色的，二十英寸。跟镇上李表舅那台一模一样。一架电视机？巧巧昏昏地想着，就是它把一个叫深圳的地方告诉给黄桷坪的。就是它把穿短裙子、穿游泳衣、穿不知什么玩意儿或什么玩意儿也不穿的那个世界搬到黄桷坪的。慧慧指着那个电视说，深圳的人就这样。慧慧那样有见识，并那样为自己的见识而对黄桷坪傲慢。尽管她肺上烂出大洞来，一天咳出几口血来，她半点儿都不抱怨深圳。一点儿不错，活不长了的慧慧就常常指着电视机上的黄头发、绿眼睛的男人、女人说"人家外国"。从此小梅、安玲、巧巧就受了勾引，聚在一块别的不谈只谈深圳。外国是去不了的，深圳是外国伸进来的一只脚。巧巧想，那就赶紧买台电视机吧。让外国、让深圳伸一只脚到这鬼都不生蛋的地方来。

窗子上有些响动。巧巧猛一抬眼，见二宏一张脸在玻璃上挤成扁扁一摊。都给这傻东西看了去，大宏把她横过去竖过来，都给他看了去。这傻东西看了也是白看，今生今世他是找不来女人给他照葫芦画瓢地比画的。巧巧突然想，是不是傻东西每回都这样看大宏和她"办公"？看她赤身裸体？
搭猪圈的土坯余下些在院里，窗帘是她撕了块破被面做的，
只遮下半截，傻东西当然是站在叠摞的土坯上把眼光伸进来
的。屋里这么黑，他不会看清什么，而傻东西可以想得很齐
全。贴死在玻璃上的那一团五官多么丑陋啊，远超过屋檐下
那张腌猪脸。巧巧想，这张在玻璃上挤得稀烂的脸要是给车
辆碾一碾多好，就像那只偷跑出去，在公路上给碾成一摊糟
粕的兔儿。兔儿该和傻东西调个位置。巧巧一点儿都不觉得
自己恶毒，她感到大宏心里最深的那层感情只有二宏的份儿。
死在兰州的傻兄弟使大宏拿这活着的傻兄弟来还一份情分似
的。巧巧刚来的第一天就发现这对兄弟默契得神秘，谐和得
古怪；大宏在听傻东西冒出种种傻气时，表现出深切的袒护
和娇纵。巧巧恨兄弟俩那种心领神会，它似乎是种秘密的情
感勾结，谁也别想离间，谁也别想插进去。

　　二宏的傻脸慢慢从玻璃上揭下去，消失了。一股呕吐直
拱巧巧喉口。她使劲儿掀掉身上烂睡如泥的大宏，挣扎到床
边，大吼一声呕吐起来。大宏一点儿都不受打扰，鼾声的音
调都没变。

　　巧巧做了人工流产后给父母去了封信，寄了张与大宏的

合影和五百块钱，黄桷坪出来的女孩，还没有谁头回就往家
寄这数目的。合影是在县城照相馆请人拍的，两人站在卡车
旁边，挡住一大片朽烂的锈迹。信上说这是大宏和巧巧的专
车，除此外，还有部专用电话（只能打进不能打出），还有
大房和大院，五身新衣和三双皮鞋，一个城市户口（尚在重
重困难的办理过程中），当然还有二十英寸彩电，除了最后
这一项，其他都不是纯谎言。她还说她连班都不用上，大宏
挣的钱都归她。这也不是假的，她手里有大宏的一切，他的
一只旧罗马表，是他的老养路工父亲一生唯一的贵重物品；
还有大宏的一个存折，虽然上面没多大数额。巧巧想象母亲
挨家挨户把汇款单和相片以及信给人们看，当然潘富强最终
也会看到的。想到潘富强，她一阵紧张，她不知道自己希望
还是害怕他看到那张相片。在他看，巧巧是不是"风采"，
他会不会想，原来自视不凡的巧巧不过也就这点儿志向：草
草嫁人，安居乐业。

　　手术两周后，巧巧仍包着头，整日在被窝里孵着。偶尔
下床，腿上套着两条线裤，完全是正规的"月母子"。黄桷
坪的女人们都这样，大产小产都要理所当然孵一个月被窝，
让男人们明白他们对她们的愧疚。巧巧连解手都不出门，就
在卧室的花尿盆解决一切，然后留给大宏回来倒。有时大宏

回来忙晚饭、忙洗衣，就把这差使交给二宏。渐渐地，这就
正式成了二宏的差事，每天一下班，就马上到巧巧床边来端
那个鲜艳大红的尿盆。巧巧心里一点儿都没有过意不去，这
傻东西别以为趴在窗上看是白看的。几天连着下雨，大宏回
来得很晚，回来就像个过河泥菩萨。他说今年雨水咋这么大，
小塌方有四五回了。他见巧巧空白着一张脸，对他的解释毫
不领情，连反应也没有。他只好枯索地自说自话一会儿，无
非再补些歉意或慰问，就到厨房做饭去了。现在晚饭成了夜
饭，巧巧牢骚地想着。她靠着三个枕头织一条线围脖，秋深了。
厨房里哥儿俩一搭一档地忙着炊事。大宏和傻东西照常有说
有笑。她对大宏控诉过二宏扒窗的事。大宏并不很恼，只叫
她做个大些的窗帘。她问那已经给傻畜生看到眼里的怎么算，
大宏半天才说："看了的就算了呗，你要我怎么办？把他眼
抠出来？"巧巧说："一点儿不错，我就是要你把他眼睛抠
出来！"大宏说："就可怜他是个傻子吧，心里对你可好了。"
巧巧尖厉地说："我多稀罕！傻得厨牛屎的畜生！"大宏叹
口闷气："不是给你倒尿盆吗？"巧巧说："那都是抬举他！"
最后大宏答应教训他一下，揍他两巴掌或踢他两脚。大宏一
天不执行这教训，巧巧就给他一天空白脸色看。

　　这样熬大宏熬了他十多天。傻东西名分下欠的那两拳或

两脚仍是在欠下去。这天大宏晚上十点过才回来，雨衣一路滴水滴到巧巧床前。他从口袋摸出一沓钞票，叫巧巧数，看够不够买电视机了。巧巧空白的脸便立刻有了内容。她飞快地把手指在舌尖上蘸着，捻动一张张钞票。然后她跳下床，打开抽屉的锁，又把钞票数一回，夹进存折，把抽屉重重一关，锁上。大宏见她穿着那条粉红内裤跑到屋外，摘下一条五花腊肉，又去菜园子掐下几棵蒜苗。她吩咐二宏把腊肉上的厚厚一层黑烟灰洗下来，又打发大宏去拣米里的秭子和砂粒。哥儿俩看她活泼利索，笑出了一模一样傻得可怕的笑。这笑此刻也不败巧巧的兴，她一边兴冲冲抱怨锅台的脏，一边喜洋洋骂着男人能管什么家？男人还不把个家管成猪圈？她手脚口舌一块麻利着，连二宏直瞅她粉红内裤下裸出的粉红小腿，她都慷慨地给他去瞅了。二宏眼里的巧巧是刚揭开蒸笼的白面馒头，暄暄的，热腾腾的，带股发甜的气味。巧巧这些天在被窝里孵出鲜嫩圆润的一个几乎崭新的巧巧，原本的丰满此时便是饱熟了。肌肤灌足浆汁而略略透明，是一层透明的粉红。大宏凑着灯光仔细拣米，听巧巧和二宏异口同声哼唱《血染的风采》。两人起码唱出五个调门。大宏头一次见巧巧对二宏笑一下，虽是嫌他嗓子太左而皱眉的一笑，但大宏觉得二宏和自己被饶过了。一会儿巧巧摆出三个菜来，还烫了一瓶高粱酒。三人这顿晚饭吃得暖洋洋的。

　　以后巧巧回想起这顿晚餐时，连它的气味、温度都记得很逼真。在她生命的最后一刻，她都能忆起那碧绿的蒜苗、那烈酒的气味。

　　二宏这餐饭吃得出奇地安静，偶尔一两句愚蠢的多嘴，巧巧也没白他眼。大宏却是紧张的，似乎这样的融洽不知将要他付什么样的代价。他还紧张巧巧会问钱的来路。她却一字不问，只说电视机该放在什么位置，厨房还是她和大宏的卧室。大宏被她弄得直是满心感慨——她原来可以给我们多少快乐啊。巧巧说到了遥远的黄桷坪，说到镇上的电视机前总有争执不休的男孩女孩，男孩要看足球，女孩要看电视剧。大宏此时充满做牛做马的渴望，只要巧巧一直这样比画着两只带酒窝的手，永远滔滔不绝。

　　饭吃罢时，雨下得开锅一样。大宏、二宏是两张一模一样的紫红脸，额上的头发汗湿了，汗顺着太阳穴淌到两腮。巧巧竟忘了每次看见这两张汗湿的脸心里必出现的话："吃饭出汗，干活白干。"她自己也喝了两盅酒，变得什么都好商量的样子，大宏说他得去看看路况，叫巧巧把锅碗留给二宏洗，早些去睡。巧巧把自己碗里的肥肉倒给灰灰，便趿着鞋回自己房了。酒意刚刚好，最是令人舒服的时候。她躺躺又起来，打开抽屉，把钱又点数一回。二宏在无缘无故地训斥灰灰，巧巧竟没像平日那样烦恼。她把抽屉锁好，钥匙藏到褥子下，这才上来瞌睡。

巧巧睡得快沉到底时大宏回来了。他直接就上到她身上。她懒得去管他，接着睡自己的觉。醉和睡眠使她把身子彻底扔给了他。但不时出现的几丝疼痛使她的睡眠开始断裂。她口齿不清地抱怨一句："你是狗啊，怎么咬起来了？"过会儿她口齿清楚些，又骂："我又不是炉子，你乱捅啥子？！"终于结了尾，她狠狠抽出身转向墙卧着。疼痛却不退去，一点点把她的困意、醉意弄碎了。巧巧恼火起来，伸手一拉灯绳。灰白的日光灯下，她身边并没有大宏。巧巧看看自己，当内衣穿的旧衬衫被撕开了怀襟，两个纽扣眼儿被扯破了。胸口的痛处火灼一样，一些被咬噬的红痕。粉红内裤落在地上，竟有浅淡的血流在床单上。她尚在小月子中，大宏清清楚楚知道这一点。她叫了两声大宏，空寂中她的叫声起着轻微的回音。她再次检查自己遍体的伤，渐渐感觉到那具身体，那一系列动作的陌生。巧巧突然明白发生了什么，她扯直嗓子长啸起来。她直接冲到厨房，抓起菜刀回到二宏屋里。她嗓子一直这样，扯成一根弦，喊出黄桷坪祖祖辈辈积攒下来的最野、最毒的语言。刀剁了几下，感觉却不对，二宏并没躺

在那里。巧巧浑身发冷，喊破的嗓子冒着血腥。她提着刀把
屋子、院子搜了个遍，灰灰唬坏了，跟了她一阵，又突然意
识到该离她远些，便蹿入猪圈。猪和狗就那么毛骨悚然地瞪
着这个披头散发的女人。巧巧的衣襟仍敞着，一只鞋陷在了
泥里。傻畜生对她如此畜生了一番，她感到手里的菜刀如同
她的牙齿和指甲，痉挛地发着狠劲儿，成了她身躯、肢体的
延伸。

　　雨停了，空气尖溜溜的冷。巧巧提着菜刀站在泥水里。
那股冷使她骨头酸胀起来。她就那么两脚泥水地回到床上，
死去般的冷冷地、僵直地躺着，握着菜刀的右手压在腿下。
她已一滴泪也没了。

　　天发灰白时大宏回来了，带一股野外凛冽的风。这里的
深秋是黄桷坪的隆冬，甚于巧巧经历的所有隆冬。巧巧的样
子把大宏唬坏了。她一双眼完全是被碾死的那只母兔的。她
就拿那样的一双眼看着他，实际上她不在看他，只是他走入
了这双眼的焦距，流散成一摊黑暗的焦距。实际上他被这双
不再有焦距的眼睛照射着。她脸色是破晓的银灰。他问她，
她不答。再问，她便闭起眼。大宏把落在地上的被子拾起，
拍打几下，替她盖上。巧巧有了声音，巧巧是另一个声音。
她说让她死了吧。大宏听一个沙哑、粗粝的声音说了一切，

说傻畜生如何了她，如何畜生到极点。"人日死，你就等她
去死是吧？！"她撩开怀襟，给他看已不再鲜红——已略略
发紫的咬伤。她说："你是头猪啊？猪也晓得护自己的猪婆！
你婆娘给人祸害成这个样子，你就给他祸害是不是？"大宏
说："你又不是没给人祸害过！"他也出来了一条完全不同
的嗓门儿。巧巧一时诧住了，心想：这是谁的嗓门儿？分明
是那傻畜生的嗓门儿。刹那间她似乎什么都清楚了：他不是
为他自己娶的她；他实际上买了她来，是省了一部分的她给
他兄弟的。难怪他不在乎姓曹的给了他那么大个亏吃；他先
吃下一场亏是为在此时来堵她的嘴。你又不是没给人祸害过。
他刚才说，她还听出更恶毒的意思：你分文不取都能给姓曹
的狠狠嫖一场，二宏平日傻里傻气对你的好呢？他在我筹那
一万块钱时凑进来的三千呢？你能给姓曹的没日没夜的舒
服，白白送上去给他舒服，我兄弟傻疼你一场你就不能给他
舒服舒服？巧巧认为她这才把大宏那句话彻底听懂。难怪大
宏不止一次告诉她，那三千块是二宏的全部积蓄。难怪她为
大宏织的线衣线裤，不多久就上了二宏身上，哥儿俩真够哥
儿俩的，什么都不分彼此。这三个月的生活一页页在她脑子
中翻过去。哥儿俩背着她交头接耳，当她面的会心会意，一
切秘密的勾结原来就在于此。

　　巧巧的揭露、指控、咒骂，终于把她最后一点儿嗓音
耗尽。大宏始终坐在床沿，不再出声。他甚至不否认巧巧
的推断。后来巧巧想，假如他在她推断哥儿俩的下流勾当
时蹦起来，给她一巴掌，大声来一句：你再说浑话我揍死你！
如果有这一下子，下面的事或许不会发生。但大宏不吭气，
巧巧推理完成了，一套丑恶罪过的逻辑完整了，他仍把头
搁在满是泥污的手上。然后他站起来，仍拿脊梁对着她说：
"你要咋说就咋说吧。要是你非要法办二宏，我替他去蹲监。
我爹我妈死时都不闭眼，我答应他们，我有稠的二宏不喝
稀的。"说完他连看都没看巧巧一眼，拾起地上的胶皮雨衣
就走了出去。

　　事情清楚得不能再清楚，所有的人——从曾娘、姓曹的，
到大宏、二宏，全是串通好了的。他们全串通一气，把巧巧
化整为零，一人分走一份。谁都在她身上捞到好处，就是她
自己成了好处提取后的垃圾。爹疼妈爱的巧巧，最初也只不
过是这些人手里的一块糕饼，大口吞小口啃，巧巧给他们咀
嚼、咂巴着滋味，消化。巧巧感到自己此时是一堆秽物，消
化后的排泄。

　　一天的昏睡，巧巧被卡车声惊醒，内外都是夜色了。不
久外面屋里亮了灯，两兄弟说笑的声音跟任何一个收工归来

的夜晚一模一样。屁事都没发生过一样，巧巧这样想着。她已确信自己的推理百分之百的正确，大宏是有心把她让给那傻畜生的。不然好好的怎么想起去看路况？那么深的夜即使有塌方也怪不到谁的。塌方堵了车电话铃会响。他随口诌个借口，让傻畜生得手罢了。巧巧又想起那张挤压在玻璃上的脸，她清醒得不能再清醒，说不定那些个夜晚里有几次，巧巧睡得熟透时，拱动在她身上的不是大宏。她拼命从一片混沌的记忆里寻摸异感，越寻摸越觉得异感的存在：二宏给她的一个个傻笑原不傻，原是占足便宜后在表示领情。怪不得她怎样差使他、怎样调遣他，他都巴结得比灰灰更狗里狗气。

兄弟俩在商量什么。商量什么呢？巧巧听了一会儿，听不清。兄弟俩一直在递着眼色、窃窃私语，原来在算计她，细细地分享她，一点儿都不把她浪费。他们当然有的商量，这份艳福往后再如何分享下去。巧巧想起两天前收到的安玲的相片，安玲戴着墨镜、穿着短裤成了个真正的深圳女工。相片是妈从安玲妈那里借来的，要巧巧看完再寄回去。听说小梅也嫁了人，也嫁得像巧巧一样"好"。三人中只有塌鼻子扁脸的安玲真的上了流水线，实现了一天挣十四小时工钱的梦想。巧巧已躺得筋疲力尽，她想翻翻身，硌到一件硬器。菜刀在她身子下已焐暖了。这是一把比一般菜刀尺寸大很多的刀。巧巧刚到这里就发现，所有厨具都像大宏一样大得可怖、大得蠢气。她起身，穿上件毛衣。事后她会奇怪：那个时刻怎么还怕受凉，还晓得套件毛衣。又扯过一条长裤，将两脚踢进裤腿。事后她也觉得不可思议，那种关头还顾及羞耻，还不愿只穿条粉红内裤冲出去。她没有理会两眼一抹黑的晕眩和随即灌入她四肢的虚软，事后她一样的诧异非常，当时怎么撑得动身体迈得出步子。她把提刀的手背在身后，迈着如往常的轻快步伐走进厨房。屋内陈设正在变动中，所有家具都被挪了位。大宏正搬着一个木箱，就是盛被褥那个大的。若没有他那样的身高和臂力是不可能搬动它的。他抬眼，看巧巧翠绿毛衣、浅灰长裤，脸是苍白的脸，却没了那股恶狠狠了。他并没预期她的出现，双眉一提，几乎喜出望外。这神情顿时让巧巧认出他来了，怪不得她一见到他就觉得他眼熟。延河旅社的第一夜，她在走廊上碰见的那个猿人般的大汉。原来全在这儿等着我呢，巧巧想。原来他那时就相中了她的轻信，她的无知无畏，她的一汪水的青春。她背在身后的菜刀从一侧切入她自己的视野，随后她整个视野成了一片红色的混沌。二宏此时从门外进来，怀里抱着一个大纸箱，他的傻脸不得不高高仰着，以使下巴与手之间的空间足以盛下纸箱。他怪样地扫过架在纸箱上的下巴，看见了巧巧，像头次那样欢叫起来："巧巧！巧巧！"叫得如揭短、如冒犯、如寻开心。他的视线被大纸箱阻隔，一时看不见正在巨大血泊里抽搐的大宏，他只觉得在他眼里一向洁白如雪的巧巧脸更白了，不是人的白法。他觉得巧巧今天的面孔有些古怪。当然他脑子里是没有"狰狞"这形容词的。他趟着他哥哥的血从巧巧面前走过去，继续欢叫着："巧巧！巧巧咱买了电视……"他感到冷飕飕一片东西截断了他的欢乐。他转过正汩汩流血的脖子，看着这个给了他三个月美妙温暖的女子。他看着这女子奇怪地高大起来，他与这远方来的美丽女子之间的空间关系变得非常非常奇怪——二宏没有意识到自己已同地平线平行，而这女子正垂直于地平线。然后这女子退出了二宏越来越小的视野，没有了。再有就是蓝幽幽的夜色给阵阵的风刮进门来。

下　卷

这样一个小女人突然冒出锅炉房雾腾腾的昏黯，粉粉的一条儿。"哪个？！"她问着，在大锅炉后面不见了。

倒问我"哪个"，金鉴想。我是这个兵站的站长。他没有吼回去："你是哪个？！"多少有些理屈。年轻的站长不是看清了，而是知觉了那一条儿粉色是什么。每个男人在男孩子时期早就在梦里把它温习熟了。不管怎样，是他看见了一个女人精光的身子，你说没看清也好，你说它撞进我眼里也好，怎么也算不上绝对无辜。

"莫慌，呵？一下下儿，呵？……"她小调儿似的乞求从锅炉后面出来。听得见抖衣服、开关塑料袋慌成一片的响。她也思量出自己的理短了。金鉴当然不能走，他背转身子等。军事重地鬼里鬼气出现个女人，他当然要问清楚。他到这个小兵站上任半年了，饭厅那张女明星巨大一个脸印成的年历是他唯一看清楚的女人。偶尔有在兵站吃饭进藏探亲的女人们，都是臃肿的一大团，羽绒服或棉大衣上一丝女性轮廓都不见的。

真的一个女人。她左手绾着湿发，右手提一个大塑料袋，裸着的脚趿着泥污的高跟皮鞋，皮鞋颜色像是深红色，似乎被穿了去跋山涉水，此时是筋疲力尽却又顽韧不衰的样子。女人有二十多岁，二十一二岁，金鉴判断着，大概还算不难看，他对女性美或丑的鉴别已不敏锐，招架女人也没了功夫。原来也没有过多大功夫。这个年轻女子不太敢看金鉴，垂着毛茸茸的眼帘，笑容的吃力使她腮上两个酒窝越发的深。她是害怕他的，却也有一点儿兴奋。她认不得他肩上两块红牌是什么军阶，只知道有那两块牌牌是官儿。

金鉴问谁带她到这儿来的。他讲话一向打不开嗓门儿，但那份不动声色，还有颇重的书卷气给他一种奇特的威严。人们并不是马上看出他其实在模仿着谁，模仿他自己在四年军校生活中心里树起的一个现代化的、冷面而机智的军官形象。这形象是基于外国电影、战争小说，以及军校某几位气质不坏的教员，再添加他自己的理想化想象，七拼八凑出来的。他已意识到，这一切在这二十多人的小兵站里纯粹是浪费。

"莫得哪个带我来。"女子说，"我跟着学放蜂，不晓得咋个就丢了。我们一路的有十多个人呢！"她拿把鲜绿的塑料梳子梳着湿淋淋的头发。在一个高中生似的军官冷淡的眼睛前面，她得不断找出事来使她手脚忙碌。不然她经不住他这样微微反感地打量和询问的。

金鉴看见她身上一件毛衣嫌窄，胸口的编织花纹给撑得变了形。"放蜂？"他问。这个来头不十分使他信服，他立刻让她知道这一点。

"啊，蜂子，采蜜的。"她飞快看金鉴一眼，笑一下。她不懂他的话应该这么听：到这个海拔四千多米的山窝里放哪家的蜂？花都没有三两朵。"我搭了车撵他们，不晓得咋个搭到这儿来了。一下下儿天亮了，我就走。"

金鉴觉得这川北人的"一下下儿"挺悦耳。它和他的重庆北郊人的"一下下儿"有着微妙的不同。川北人放蜂放到这里小半辈子也放掉了。这里靠金沙江上游，离青海不远，公路地图上几乎找不到，要到军用地图上找。往前往后都是山，这座小兵站的存在目的只是供应运输部队白天的餐饮，偶尔才有受了天气或路况影响而被堵拦下来、不得不在此过夜的车。他告诉她这个季节车很少，雨季来了。他的意思是，天亮了你也没法走的，你看看你给我找的这个麻烦。他想她大概是昨天傍晚搭车到达此地的，不知在哪里混了一宿。他不再去看她，拿两只暖瓶去接开水。他瞥见地上有个尼龙旅行包，灰尘蒙蒙，拉链敞开着，里面万紫千红、乱七八糟。她窈窕的丰腴、美丽的愚蠢早在粉粉的一条儿时就给他看到眼里了。他觉得一点儿恶心和心动。

"咋办呢？"她轻声问，话音里又有微笑又有耍赖，却是知错的。她是以如此微笑和耍赖闯天下所有难关的那类女子。

一般都是不良女子。金鉴手里的暖瓶盛满了，水溢到地上，起来一大蓬白汽。初夏了，这地方的早晨还是严冬。水烫到他的手背，他不给她看出他是因为她跑神而挨了烫。他说："再说吧。我打个电话问问大站，有没有往兰州去的车。"
他盖上暖瓶盖子，打算离开。

"我不去兰州！"女子说。

"你不是说你要去兰州？"金鉴已走过她几步，这时再
回过头。突然瞥见她眼里黑洞洞的惊恐。"那你要去哪儿？！
去不去兰州你都不能留在这里。"他见她又要给他两个酒窝
了，脸上马上挂出个"我不吃这一套"的表情。

这天竟没一辆车，说是两头都有塌方，都过不来。炊事
班的就狂欢地叫唤："猪们都不来喽！看录像带哟！"二十
多个兵都知道来了个女人，长相还过得去的一个二十来岁的
女人，便说话、动作都有些失常，互相都看出些人来疯。来
的那个女人被安排在小客房里，一个白天都在睡觉。没见她
的向见了她的打听她的名字、来历。见了她的不多，便天花
乱坠地把她说成下凡的电影明星。一整天人的眼睛都长在小
客房紧闭的门上，想这女子够能睡的，一泡小溲都不出来解。

傍晚篮球场干了些，六七个兵跑来跑去地玩篮球，一会
儿全停在那里：门开了。出来个略微矮胖的女子，披了件军
大衣，脸睡得呆呆的，眼睛有点儿肿。六七个兵里的小回子
第一个感到沉痛的失望：她和电影明星边都挨不上。她烫过

的头发已快要直了，没有什么发式而只添一层毛糙和枯焦。圆圆的脸是不难看的，充其量只是不难看，小回子是文书，爱读文学杂志，文学故事里的女孩、女子、姑娘、女人给他一个非常单薄、飘逸的女性美准则。他对旁边的刘合欢说："漂亮个鬼啊，那么短个腿。"刘合欢是兵站最老的兵，脸于是最黑。他不理小回子，他认为十九岁的小回子在女性的鉴别上懂得什么？小回子在这个年纪一点儿都不实惠，而姓潘的这个年轻女人的好处都是实惠的。刘合欢在她从厕所走回来时对她叫道："小潘儿！过来玩玩吧！"她被叫得一怔，兀突出来一个笑，像一下认得自己就是老成军官口中叫的"小潘儿"。她那一笑还有一点儿为自己得到"小潘儿"这个名字的受宠若惊，也表示她对给她这名字的人的些许感激。"小潘儿"是个女护士或女秘书，总之是和这群兵这座兵营很搭调的。小潘儿便朝篮球场这儿来了，脸蛋红起来，知道自己在这些兵眼里是个主角，正走向舞台中心。她把两个手插在裤兜里。等她走近，所有兵倒又不来搭理她了，都去玩自己的。球艺马上有了长进，相互间的接触也热闹起来，不是你绊我一腿，就是我踢你一下屁股。刘合欢则是最吵闹的。他的黑脸使他一口牙方正而洁白，他就用这口牙笑和骂人。他要让小潘儿知道自己的司务长身份，也让她明白，他可不像这些年轻兵娃子那么没用，为她起劲儿了一天，而她近了他们是看也不敢看她的。她对他们来说太成熟、太丰满，他们吃不消，而他在这方面比较老资格，眼睛找着她眼睛地冲她笑。小潘儿于是看出叫刘合欢的司务长是个一天到晚笑和骂人的人。球不知是有意还是无意地被砸在了小潘儿肩上，她便球那样一弹，肩上披的军大衣坠落了。里面是件紧身的绿毛衣，兵们一下子看出她的好看来。

刘合欢从她旁边跑过去，去追逃远了的球。捡球的时候，他特地抬起眼，跟小潘儿碰了一下眼神。小潘儿眼中的羞涩和风骚，刹那被他捉到了。他对她的实惠的判断显然是相当准确的。他身上是一件米色和深蓝图案的毛衣，露着天蓝的衬衫领子。相当在意打扮的一个男人。他跑起来的姿势特别潇洒，从小潘儿身边跑过时又添了层造作的潇洒。然后他转过身，退着往球场走，手把篮球在地上一下一下地拍着。他对小潘儿邀请道："来一块玩玩嘛！"小潘儿肩膀俏丽地一拧："我哪会。"她此时将棉大衣抱在臂弯里，宁愿微微挨着冻。她其实一点儿也不是有意识要邀人看她有凸有凹的身体。刘合欢手里拍着球，退退又进进，问她："你家在成都？"她说："不是。你咋个晓得我是成都的？"刘合欢说："我们这儿有过成都的兵娃子，都骂死这地方了。三年一到全都急着回成都了。"

　　六个年轻的兵就那么站着、蹲着，听刘司务长把他们想知道的有关这小潘儿的事情打听出来。他们没有超过二十岁的。有刘合欢代表他们同一个年轻女子问长问短，他们十分乐意。他们中的小回子慢慢改变了他对小潘儿的最初认识。他认为她渐渐好看起来。他想大概有的女孩是看看便看出她的好看来的。他注意到小潘儿一边同刘合欢一来一往地谈话，一边在玩脚上的高跟鞋。她把一只脚从鞋里抽出，搁到另一只脚上，让自己整个身子的平衡出现微妙的危机。她一个不十分轻盈飘逸的身子全支撑在一根细细的鞋跟上，于是轻盈便出来了；然后再换另一只脚来玩同样的把戏。这使她小妇人的形体与形象在小回子眼里变成了百分之百的女学生，顽皮和淘气以及多动……小回子是头一次在文学杂志外面发现了一类女性的魅力。他有些感激刘合欢：他没话找话同她瞎聊，他便可以明目张胆地端详这个每一秒钟都增添一分美丽的年轻女人。

　　刘合欢漫不经心地练着运球，嘴里的话毫不受影响。他觉得小潘儿是乐意别人把她当成都女孩的。他在这方面很老练，说一个小城或县城的女子来自省城，其实是最投此类女子所好了，他二十八岁了，总不见得连如何讨一个女子欢心都不懂。小潘儿头略略低着，目光稍被压制一点再投放出来，投放到他脸上，便有了些嗔怨的意思。似乎还有一点儿难以诉说的心事。他觉得这女子是懂得摆置自己目光的，她是简单还是不简单，他心里不大有数了。他想，竟有我一时看不透的女人呢。她就那样扭来扭去，一会儿立在这只鞋跟上，一会儿那只，嘴里说："你猜嘛——反正不是成都的。"刘合欢笑着说："那我猜不出来了。我们河南人听四川人说话都一个调！"小潘儿马上露出惊奇："你河南人啊？听你讲话还以为你北京人呢。"刘合欢想，她也会讨男人欢心呢！他用纯粹的乡音说："咱是河南洛阳的。要是北京人我八年前就回北京了！"小潘儿出声地笑起来，手舞了舞，像要来遮挡嘴，却又意识到没这必要似的，改道去耳边顺了几下头发。他笑着问她笑啥，她说她从没听过河南话，原来它这么好耍。刘合欢精神更抖擞起来，用那种老乡般的侉音逗她："咋着？咱河南话咋着？"她便笑得越发浑身动荡。

　　站在后面的六个兵全看出刘司务长和这小潘儿已调上情了。对于这样的调情，他们是望尘莫及的，也只好由刘司务长代表他们去调，他们得到些刘司务长剩余的快乐就不枉给刘司务长跑一场龙套了。小回子一直在注意小潘儿身上的各个部位。各个部位凑出一个活泼亦泼辣的女子。小回子尤其注意到她那双手，一些小窝儿在两个手背上，他从来没在文学杂志里读到这样一双女性的手，带这样的小窝窝。文学杂志里的作家们肯定没见过这样的一双短短的、圆乎乎的手，他们但凡描绘女性的手，一律都是"纤细、修长、白皙"的。有一天轮到小回子来给文学杂志写小说，他一定不会忘记这双手。由此他马上就想给文学杂志投稿了，这双舞来舞去的手上，小窝窝使上过县重点高中的小回子心神散乱起来，不再听得见刘合欢继续在代表大家同小潘儿闲扯什么。他没听见刘合欢在问小潘儿叫什么名字。小潘儿说："你不是叫我小潘吗？"刘合欢笑道："保密啊？"小潘儿把话岔开去问这地方的气候。刘合欢很快又转回来问她家到底在哪个城市，这趟旅行是不是去兰州。小潘儿又是答非所问，说一路看见核桃树了，没想到这里跟她家乡一样，有好多核桃树。没等刘合欢来得及把话再转过来问有关她家乡，她问兵站是不是能看到电视。刘合欢回答她，这里十回有八回接收不到电视，周围山太高了，连特别无线都白搭。不过兵站有不少录像带，有个新电视剧叫《渴望》，看得一个兵站几夜没人睡觉。连最深沉的站长都魂不守舍了一阵子。小潘儿便问站长是不是肩上扛两块红肩章的。刘合欢说这兵站只有两人肩上扛牌牌，金鉴和他刘合欢。

六个兵此时都听出刘司务长在趁机自我吹捧,那也是没法子的。认真起来,除了刘司务长和金站长,这个漂亮女子是没他们任何人份儿的。他们都是兵,兵想女人只能做梦想去。他们都没意识到,逐渐逐渐,这个不难看的胖乎乎女子,已被他们认定是漂亮的了。他们当然不懂拿什么词去形容小潘儿眼神里那点儿令他们快乐又令他们不适的东西。他们心目中尚没有"风骚"这词,即使有,也不会往这小潘儿身上用。小回子走过去,从刘合欢手里拿过球,闷头闷脑一个人去练三步上篮。他的步子很大很懒,人也是没头的样子。偶尔回过脸,见小潘儿正看自己,小回子脸上立刻灼热起来。他是极爱脸红的男孩,读文学杂志都动不动脸红。人们就说:"小回子脸都红到脚后跟了!"小回子的模样和个性毫不相符。个性秀气得别人都为他受罪,模样却像只长了个子没长心眼儿;一米八三的身高,脸蛋鼓鼓的,一边一块高原红,整个脸像画成丑角的孩子,又搁在个成年汉子身上。小回子特别爱干净,却从来给人泥乎乎的印象,正如他特别爱读书写字,有时还画两幅小画,但他看上去大大的脑袋里一个词都积攒不住。因此谁也不会想到小回子此刻心里的大动荡。他不停地上篮投球,只是为躲开人们而独自占据一个观察和体味小潘儿的角度。刚才小潘儿同他眼睛的邂逅,让他感动得心里一阵休克。他愤愤地把球砸向篮筐，"梆"的一声，他想，文学杂志上的女孩、女子、少女都是什么！他不管除他之外的所有人都在刘合欢率领下靠近小潘儿去了，他只管在心里一遍一遍为一个爱情故事开头。他的感动在他心里形成一串串泉涌般的句子。那感动也使他后脖颈乍起一粒粒鸡皮疙瘩。他觉得他每一个身姿都给小潘儿看到眼里去了。渐渐他已一身大汗，但他仍不愿停下，不愿加入以刘合欢为首的集体献殷勤。

"中午这里怪热的哟，我睡觉被子都盖不住！"

"住久了就晓得了，我们这儿是一天三季。那边坡上有一大片松树林子，林子里背阴的地方有块雪从来都不化！宰了猪，打到獐子，吃不完就送到那里，拿雪埋上！……"

"你们兵站连冰箱都莫得？！内地城里差不多家家都有冰箱……"

"一个兵站就靠一台小发电机，电还不够点灯、看录像的呢！来个冰箱，里头暖和得说不定能发豆芽！你要在这多待几天就知道了，这里是原始社会！"

"啥子原始，有录像看叫我待一百年都行。"

"那小潘儿你就在这儿待一百年嘛，保证你天天有录像看！"

"当真的哟？"

"问他们，我老刘说话是不是算数？"

"你啥子老刘哟！……"

"笑什么——比你老多了！我当兵的时候，这些兵娃儿还穿开裆裤呢！"

"刘司务长还是牛司务长哟！"

小潘儿最后这一记还未把六个小伙子全哄得笑出哈哈来。小回子抱着球从远处看过来，心里轻蔑刘合欢的粗鄙，一点儿诗意都没有。他认定刘合欢是只懂男女间那一桩事的人。他看一眼小潘儿，她竟对他笑一下。这一笑使小回子感到她的大胆。许多日以后，小回子想起她时，不懂自己最初怎么会用大胆来形容她的笑。但这形容后来被证实是准确的。

早饭前金鉴集合了全站二十二个兵。他操着军校学生的步子，走到队伍前。他似乎尚未过渡完少年时期，哪里都单单薄薄。他眼睛在压得很低的帽檐下把二十二个人从左扫到右，再从右扫到左。刘合欢心想，又来这套了：有事没事先拿住人的注意力。这个小兵站，充其量也就是个军事车马大店，军校的架式给谁看？说不定也是给昨天来的年轻女人看的。金鉴单薄的身板挺得电线杆般的直，帽檐阴影外的脸冷

若冰霜，至少他自认为冷若冰霜。他嘴角微微向下撇着，用
着一股力，表示他这段沉默是在挑每个人的刺，而每个人都
让他不满意。他指着一个兵说他的领口风纪扣没系，又指着
另一个兵，叫他出列给大家看看，他的立正可有个立正的规
格：伸着下巴送着髋骨驼着个背，哪里是个兵，活活是个刚
锄完二亩地的老农。二十来个兵于是笑起来。那个被叫出列
的兵大声说："报告站长，我们村的老农现在都不锄地了。"
金鉴问："锄什么？"兵一本正经回答："地卖给汉奸，汉
奸和省政府勾结，在我们村盖了一个大游乐场。"金鉴并不
提高嗓门儿，斥问："什么汉奸？！""报告站长，我们村的
老农把国外回来的家伙都叫汉奸，他们里应外合，一头勾结
日本鬼子美国鬼子，一头勾结政府里的贪官污吏，不是汉奸
是什么东西？"金鉴自己也绷不住了，向下撇的两个嘴角跃
动起来。他带着笑腔厉声道："胡说八道。"那兵又说："是
我们村的老农胡说八道。不信站长去我们村看看，那个大游
乐场尽是政府领来的人吃喝嫖赌。"金鉴说："行了，住嘴。"
他冷眼看着兵们从大笑到小笑，终于由于他的冷眼很快静下
来。金鉴接着发难，他叫出三个兵来，请他们摘下帽子给大
家看，这么长的头发是否打算在这兵站组织披头士乐队。一
个长发兵说："报告站长，正在练吉他。"队列里有个兵插嘴：

"报告站长，他在厕所里吊嗓子！"……金鉴不理会兵们又一潮的笑声，说："立刻剃了去。"另一个长发兵说："那刘司务长剃不剃？"刘合欢沉着地微笑，看着金鉴。他明白金鉴从不当众修理自己，私下对他也敬而远之。金鉴果然说："你也带个'长'吗？你跟刘司务长一样，也在这儿驻守了九年？""嘿，站长，革命不分先后嘛！"金鉴突然变脸："谁在多嘴？！……"

队伍刹那静了。各种表情也立刻除净。只有站在第二排队末的刘合欢眼睛仍眯缝着，两弯老辈人似的慈祥微笑。他觉得这位"青腔"站长好笑，一清早的下马威其实是给小潘儿欣赏的。就像所有年轻兵娃子，其实都是在给小潘儿耍把式。大家都知道她就在锅炉房洗衣服，不时还伸出半截身子往这边瞅一眼，抿嘴笑笑。刘合欢认为所有人都挺可笑，没一个敢像他自己这样大大方方接近她的。这样想，他看着金鉴的两弯笑眼便越发慈祥起来。金鉴嫌恶地回敬他一眼，他在年轻军校毕业生眼里是个一身油气、胸无大志的人，这点刘合欢很清楚，但一点儿都不觉得冤枉，一点儿也不恼。像金鉴这样有野心又被窝在这种小兵站让野心在一天天窝囊中磨灭，那才是真的冤透了。年轻站长大军事家的野心使他连对一个年轻美貌的女孩都拿不出像样的姿态，这使刘合欢越发像看着晚辈那样，看清秀单薄的站长继续发虎威。

"都知道站里暂时来了个女客人，"金鉴说，"要格外注意军容风纪，尤其是平常那些脏字满嘴的，好好清理清理口腔……"金鉴满心以为自己在此卖了个俏皮，却没一个人笑。他看一眼刘合欢，并让兵们留意到他目光在刘司务长那里颇有意味地逗留了一会儿。他说大家要相互监督，争取一个脏字都不说，给这个留宿的女客人留个好印象。刘合欢又拿眼睛对年轻的站长说：站长，又错啦，一个脏字都不说的男人最让女人没劲啦——一个脏字都不说还算爷们儿吗？金鉴拒绝和刘合欢沟通，把眼睛转回来，接着训导。他说："既然来了女客人；既然公路三五天内通不了，她也就走不了，小回子你负责把浴室门上挂个木牌：一面写'男'一面写'女'，该什么性别是什么性别，都给我看清楚再往里窜。听清楚没有？"二十来张嘴吼道："清楚了。"金鉴露出一点儿过了官瘾瘾的舒服。刘合欢马上将这神情牢牢捉住。他叫道："报告站长！"金鉴并不看他，全神贯注防备这年岁最大的军人如何拆他的台："说！"刘合欢笑道："这是双方面的事，咱是不是请人家女方也来站站队，听听您的指示？"

小潘儿此时正端着一盆洗净、拧成一个个卷子的衣服出来，整个人新鲜粉嫩，轻轻冒一层热气，听见刘合欢的话她更像是走起了舞台步子，又是被逼迫的，虽然别过面孔，队伍还是看见了她肩头、胸脯、腰肢的忸怩与兴奋。

金鉴喊一声"立正"，嗓音是军事指挥员惯有的那副破锣嗓音。士兵们想，站长自己也够走样的：向来低调文雅的态度也丢了。

看来偶尔来个女人很好，让这心灰意懒、没精打采的日子好混些。刘合欢这样想着，向小潘儿递了个磊落的笑脸。

金鉴说："听着，这位女客人哪里都可以去，就是不能去战士宿舍。"

刘合欢问："那军官宿舍呢？"

金鉴顿了一下："也不行，凡是男同志宿舍，都不行。"

一个兵嘀咕："怕她探听'军事秘密'吧？"

"你姐姐来，也不允许进。"金鉴说，"明白没有？！"

——"明白了！"

声音响得把正晾衣服的小潘儿震住了。她抬头看看队伍和队伍前笔挺的金鉴，脖子缩一下，意思是当兵的当官的倒是像模像样的。队伍解散后，兵们拿了扫帚、抹布出来，扫了漫天尘土，再由另一些人把落在窗玻璃上的尘土抹去。

刘合欢边走边拿一个金光闪闪的打火机点烟。他似乎突然决定拐向小潘儿这边。他问她昨晚睡得可香，她说香什么香，觉睡颠倒了，白天把觉睡光了。她已和他很熟的样子，嘟起嘴说："你们这里看着倒怪干净，夜里跑来个大耗子，有一尺多长！"刘合欢说："有没有看到我们养的猪？猪跟耗子差不多大。这地方猪都有高原反应，长不大，耗子没高原反应，一夜能嗑掉我半麻袋花生，连干辣子都啃，你说它能不长得跟猪崽子似的。"小潘儿眼睛往远处瞄一下，姿态出现些羞涩，对刘合欢说："别个都在看你！"刘合欢笑道："我有啥看头？看你！"小潘儿嘴更嘟了，说："我不要他们看！"刘合欢更是笑得一嘴白牙："好好好，不是看你，是看我们俩。"小潘儿脸红了，刘合欢想，这回是真羞了。她光羞不风骚时立刻显得年岁小了许多。她说："那你还不快走！"他说："咦，有什么好走的，青天大白日，不兴讲几句话？"他真的觉得自己和她挺熟，并且是那种有心有意突飞猛进的熟。虽说整个交往也就是篮球场上一段闲扯，再加上看电视剧时的另一段闲扯。后面那一段他大致弄清了她的底细：她从青海那边过来，跟一群放蜂的人回内地，结果她搭错了车。她本来是托亲戚在青海找了份工作，很快发现那工作不适合她。他认为他对她了解得差不多了，二十来岁的女人，凭了点儿姿色就不知天高地厚，天涯海角地瞎逛，总有逛得体无完肤的那天。那天她就会踏实下来找个人，找个像他刘合欢这样的实惠男人。小潘儿往下撸着挽到胳膊肘的毛衣袖口，问他："你们站长多大了？"他答多大多大，她说："人不大脾气不小。"他说："大材小用了嘛。"她听懂了他话里的腔调，斜起眼问他："你是不是也大材小用啦？"他笑："我？我是乡巴佬重用。"她似信非信，又问他："你们站长也是四川人吧？"他嬉皮笑脸："要不要我介绍介绍，你俩认个老乡。"她说："要你介绍！"他的嬉笑有点儿僵了，说："这兵站有十九个四川兵，多几个老乡怕啥？"她说："高攀不起！"刘合欢感到她说这句话的怨愤是真的。不止怨愤，甚至是悲哀的。多日后他回想到此刻，才懂得她的悲哀缘于何处。那时他才为她的悲哀而悲哀，才为她那样无望的悲哀而心痛。而这一刻他却对她突至的这股悲哀困惑。他想，这以姿色南征北战的小女人难道要征服乳臭未干、一身鸡骨头的站长？反过来想，就凭你，就想打我们清俊斯文的学生长官的主意？他在这时看见她清澈见底的眼睛迷蒙了一瞬，那种一文不值的浪漫。少女的白日梦。原来这实惠的小女人也有瞬间的不实惠。他感到心里的一点儿不舒服。其实他心底是清楚的，只是不愿对自己承认，金鉴这种对女人彻底无知的男孩是绝大多数少女白日梦的诱因。

　　刘合欢告辞了，她却叫住他，问他有没有针线。他有些得意，她毕竟不是那种长久沉溺在白日梦里的傻女学生，她明白过来了。她眼里有了种轻微的招惹，或说挑逗。她现实起来，明白他对于她是将有无限好处，可以无限倚傍、无限榨取的男人，他的成熟和世故将使他们无论长或短的交往充满实惠。他接受那挑逗："有啊！"他其实是跑到小回子那里翻出一个针线包来，小回子说他把他抽屉翻乱了。他在大男孩头上撸一把，说："像你这么整齐没女人会睬你的，女人在你这儿不就没啥事做了吗？"他问小回子有没有剪刀，小回子说我正在给站长写文件呢你捣什么乱，同时他扔了把折叠剪刀给刘合欢，然后瞪大眼珠看刘司务长把天蓝衬衫领口的纽扣剪下来。他当然不会想到诡计多端的刘合欢玩的是什么花招。

刘合欢回到院子里，小潘儿已不在那儿。他犹豫一下，转头跑到那间小客房门口。门虚掩着，他叩两下，小潘儿应了一声，拉开门。他说："你不是要针线？"她在犹豫是不是放他进来。她眼睛一垂，放他进去了。他说这屋太暗，天阴的时候跟个山洞似的。她笑笑说："不花钱住店，将就吧。"他说："我衬衫上掉了个扣子，装在口袋里几天了。"她朝他嘴一撇，把乐意做成不乐意："好嘛，把它拿来我帮你钉嘛。"他说："就这件。"她看他指着身上新意未褪的天蓝衬衫，狡點地笑笑。他一点儿都不为她的猜透而窘，说："我去脱下来？"他这个试探相当露骨，并且他认为它将使她和他迈入另一个交往局面。到他这岁数，男女间已不必有那么多过场了。他认定这女子也一定不需太多过场。她果然叹口气说："算了，就在你身上缝吧。"那一口叹息有些唬人，很沉重甚至有些疼痛似的。一个女人不得不做某个重大牺牲似的。他有点儿不忍，心里起来一股温热，不是爱情恐怕也离得不远了。她与他只有半尺距离了，故意凶起嗓门儿叫他莫乱动，针戳了她可不负责。他说他绝不动，戳着也不动。她给逗得一笑。即便这笑也没减轻她的紧张。他嗅着她身上一股带湿意的气味，一种甜丝丝、奶兮兮的面霜或香皂的气味。他才明白从昨天开始兵站空气里的那丝异样气息由哪里来的。来自这具女体。她的呼吸小风般柔软，却掩不住那一点儿慌乱。他一身大大小小的腱子肉鼓起来。他原来也不如自己想象的泰然。他为给她行方便，把头昂起，垂下眼皮见她手指顺着线理到头，然后腕子一旋，在尾端打了个疙瘩。她是个灵巧和快当的女人，会是个好女人。他想着便说："你有哥哥吗？""只有两个堂哥哥，一个是当空军的。""空军危险哟。""有啥子危险？他回来还不是好好的，当他的镇长，娃娃都多大了。"他能看到她头顶上一层烫焦的发梢，似乎这都增添了她的女性滋味。滋味是很好的，他身体深处冒起一股冲动，却不知究竟冲动着要做什么。他和她暖乎乎、十分软和的体温凑得这么近了，他希望她这时抬头看他一眼。只要她那一眼，只要他能将那一眼挽留住，他便知道这股冲劲儿该用去做什么。她就不来看他，任他和她之间的压力持续上涨。她一针扎下去，突然雀儿一样"啾啾啾"地笑起来。她说："忘了忘了，好重要个事！"

　　刘合欢想，你用这个法子来缓解压力。有一点点扫兴，似乎好不容易筑上去的某个实体，塌散下来。他问什么重要事情给忘了。她四处看看，问他有没有稻草。他懂不了她，说他有近十年没见过稻草了。她把两手往他肩上一捺，要他坐下。他心想，好哇，可是你先碰了我。她从门后的扫帚上折下一根帚穗，又拉起自己毛衣下摆将它细细擦拭几下，说："没稻草这个也差不多要得。"她将笤帚穗儿递到他嘴边，说："咬着。"他说："你别作弄我，这是啥意思？"她说："这你都不懂？在你身上动针线，你就要含一根稻草。"他问为什么？她嘟起嘴唇，眼睛斜着他，样子风骚到了极点却也孩子气到了极点。她说："你家有没有老人？"他说："没老人哪来的我？""那你回去问问他们，为啥子我要你咬根稻草——你要不咬，二天别个丢了东西，丢了钱啊啥子，赖你

偷的。""钱？我在这里什么权没有就有财权，什么钱不经我
同意，谁都别想动。"他想，她是个明白女人，明白女人会
懂得这个权比站长那两声"立正稍息向右看齐"，比他那点
看上去又调兵又遣将的权力好得太多了。她一定听懂了他，
开始动心了，沉默得满脑子打算。他嘴一张，将那根不干不
净的笤帚穗衔在齿尖。他要她感到他的顺从，他对她这个迷
信小游戏的配合是因为他以后在小事上会由她做主。他同时
认为自己可笑，怎么会闪现"以后"这样隆重的词。针线悠
悠地走着，她像不经意地问："军人都没有女朋友吗？"他
也像不经意地说："金鉴在军校时有一个，后来他分配到这
山沟来，恐怕吹了。"她说："你怎么知道人家吹了？""哪
个大城市女孩跟他到这来？要是你，你也不来。""你怎么知
道我不来？！""你愿意嫁到这儿来？我去给你跟站长扯个
皮条怎么样？""再说我拿针扎你啦？""扎！咱动一动是孙
子！""讨厌！"她把它说成"讨——厌"，标标准准的撒娇，
打情骂俏了。

　　这时刘合欢坐在床沿上，小潘儿站着，微向他佝着身。
她脸颊粉红柔细，向他埋了下来。他不知她要干什么，心狂
喜地停止了跳动。她只是把嘴凑到他下巴下咬断了线头。他
笑着说："唬我一身汗！""唬什么？我咬你啊？"他笑而不

语。她说："明天又剪掉个扣子叫我来缝嘛。"他说："我什
么时候剪扣子啦？"两人都动了些羞恼。斗嘴时她的泼辣真
是好看，胸脯腆得高高的，脸往下压，压出了个小小的双下
巴。"你没剪？刚才拽下的线头都是齐刷刷的，以为你能把
我哄得到。"她做出恶毒的一个冷笑，他做出皮很厚的样子。
女人识破男人的主动追求，男人没什么太挂不住脸的。他已
明白她对于这类非正面的调情、以斗嘴为幌子的调情非常适
应并在行至极。这无疑是个村姑了。刘合欢想，九年里生活
欠他的快乐这一刻全补给了他。他同时还想，他喜欢上了这
个小小村姑。刘合欢是那种不相信爱情的人。只要有如此浓
厚的喜欢，他便想同这个女子走着瞧了，他一整天都在想她
绸子样的脸，绸子一样在他下巴上一擦而过的脸蛋。

　　当然不是小回子纸上画出的那个脸蛋。小回子午饭时见
小潘儿正教炊事班几个人做霉豆，煮了的黄豆一颗颗胖胖地
铺在几个大竹匾上，蒸汽里她不自禁地眯上眼，嘴巴嘬圆，
"呼呼"地朝豆子上吹气。她的手动作起来有种奇怪的力量。
不是力量，是狠，并且极其迅速。小回子后来回想到此刻时，
他惊异自己的观察力之敏感和精确。那是看上去绵软实际上
十分狠的手，那速度使它们往往行动在意识和思维前面。蒸
汽在一线太阳里使小潘儿的脸虚幻起来，一些散落的头发在

她脸的两侧舞动，小回子像给这美景噎住一样半张着嘴。后
来他想起那天并没出过太阳，天一直阴得汪水。而他始终感
到一束阳光跳跃在她略带焦黄的麦芒似的头发上。他对她那
样瞠目时她恰好直起腰，不期地看他一眼，笑了一笑。她在
讲解如何沤那些豆子，豆子长毛长到何等程度为最理想。她
有副麻利也厉害的口舌，可以想象她不饶人时那口舌会多帮
忙。小回子也朝她一笑，知道自己不中用，脸又红到了脚后
跟。因此他只得赶紧转身走掉，如同不善争执的人冒出一句
极冒犯的话，不敢等对方回击就立刻离开。他真的像冒犯了
她那样端着饭盆回到宿舍。不知咸淡地吃着吃着，拾起桌上
的笔，在一张写废的"关于增设检修汽车设备"的报告上涂
画起来。他小心描下那圆得极完美的面颊，再突兀地出来一
个下巴颏儿，就是小潘儿了。小回子认为她已美过了任何电
视剧的女主角，眼那么明净，腮那么无疵，鼻子像猪娃那样
翻翘出圆圆的两只鼻孔。还有那一帘刘海儿，两穗鬓发，那
狠狠的、果断的、灵巧至极的一双小手，上面笑一般漾动着
一串小涡旋；那最先导引他探测她美丽的会笑的娇憨无比的
手。小回子觉得她可爱到了罪过的程度。罪过的可爱使小回
子心里和身体里出现一种从未有过的膨胀。他不愿此时和任
何人在一起，他只要孤独。他甚至不需再见到小潘儿，看见

她只能是受罪。而他却总是去找罪受，四处去搜她不知从哪里发出的笑声或话音。他不知觉地顺着搜到的声音去了，远远地看见她，帮谁在乒乓桌上缝被子，或同谁在扯些不关紧的闲话。小回子绝不凑近去，小回子从他读的那些小说里学会享受这样的受罪。

　　第三天他接到金鉴的命令，让他把公路修通后第一个车队到达兵站的时间写到黑板上，并要用彩色笔画一幅"欢迎"或"慰问"之类的玩意儿贴到大门口。金站长在这方面还很学生腔的。不像前面的站长从来不掩饰兵站和汽车部队的主雇关系，也就是对立关系，也就免去所有客套、取悦的姿态。金鉴却认为"欢迎""慰问"之类的攻心术能改变兵站和汽车兵们几十年冲突的传统。年轻的站长想把这个荒野地方的兵站变成军校校园的一隅，使它文明，并建树一种不实际的精神环境。连小回子都认为站长以这些来满足自己壮志未酬的年轻野心，颇为书生意气。但他非常尊重金鉴。除了他的中学班主任，他从来没真正服气过谁。小回子却很服气温文尔雅又冷峻庄重的金站长。他同情这年轻的指挥官被荒谬地安置在如此一个位置上。因此无论站长有任何不切实际、甚至荒谬的命令，小回子都一句反驳也没有地执行。至少年轻的站长在他的意图被服从、执行和实现时，得到刹那壮志已酬的满足。因此每当刘合欢和站长作对，以他在兵站九年的经验和资格来暗暗取笑站长的一腔学生式热忱，一些学生情调的工作设想时，小回子便仇恨刘合欢。如今小回子更添了对刘司务长憎恨的道理，那便是他以他的厚颜以及当官的身份公开展示他接近小潘儿的优势。他可以把小潘儿一夜间变成他的恋人，小回子和其他兵们也只有干瞪眼的份儿。小回子认为刘合欢正抓紧时间在干这事。在两个有资格做小潘儿恋人的军官里，小回子宁愿金站长占据那位置。小回子甚至为金鉴暗中祝愿，他能在清苦中得到一番浪漫，得到如小潘儿这样充满生气的可爱女性。他希望站长快些下手，把刘合欢那种素来谈女人谈得满嘴油荤的浊物取而代之。

小回子在乒乓球桌上写和画着。窗外院子里有几只喜鹊在晾豆的竹匾边沿蹦跳，时而飞快地从匾中啄起一粒豆，再到一边去伸头缩颈地吃。野桃树的花在雨季里落完了，快到挂果的时节了。这是个星期天，大部分人在篮球场上打发时间，一些人在电视室打牌。这时他突然看见小潘儿从锅炉房里出来，两手端个脸盆，头发闪烁着肥皂泡沫。她的脸给头发遮住，只见一截圆润粉白的脖子。她用一个军用茶缸舀了盆里的水，再从头顶浇下去。浇得颇吃力，有时也浇得不准，水显然进到了她的衣领里，她便是一哆嗦。她将起头发，似乎想找个人帮忙。大家却在远处又窜又蹦地卖弄无论高明还是低劣的球艺给她看。

她一扭头，见是玻璃窗内大瞪着眼的红脸蛋大个子男孩。她歪着的脸朝他冒出一个笑，叫："小回子，帮一下嘛！"小回子跟喝了烧酒似的，深一脚浅一脚走到她旁边。他心里好酸楚，她竟知道他的绰号。她看他便"咯咯咯"地笑起来："说看你那双手，花爪子一样，去洗洗嘛。"她把一块粉红椭圆的香皂递给他，指尖在他手心轻轻一刮。柔软粉红的指甲在小回子心里痒痒痛痛地一刮。她弓着身等他洗净手上五颜六色的水彩。他不敢看她佝着的身子更加曲线、女性，腰和圆圆的臀出现那样大的跌宕落差。但他又觉得它已被画在了他知觉里。他巨大的孩子气的手伸过去，他看着自己虎头虎脑的大手跷起小指捏着茶缸把子。

她便和他攀谈起来，问他是不是陕西人。他说："是。"她说："听刘司务长说你是这兵站的大艺术家。"小回子没言声，她脸便绕向他，笑着问他："是不是又能写又能画？"小回子笑笑。他笑时嘴唇往里一窝，羞极了。她说你们这个兵站的人个个都那么好。小回子仍不响，心想，或许你来了把他们变好了。不然平常这样的星期天，人们多半会闲得相互找碴子斗嘴，开肮脏的玩笑。汽车兵从内地捎来很无耻的色情笑话到这里，起初小回子听不懂，还要追问，刘司务长便会比手画脚地给他启蒙。这是这儿的男人们唯一的欲望发散方式。他想对她说，这是个被爱情彻底遗忘的角落，而你的来到使这个星期日异常的美好。小回子当然什么也没说。她说等路修通她就要搭车离开了，这辈子她不会忘记一座山窝里有这么些待她好的兵。小回子问："你去哪里？"她似乎没准备他这提问，顿了半晌才说："回内地。"小回子用茶缸舀起水，水匀细、温柔地冲在她头顶，又顺她头发流回盆里。她的衬衫领子翻向里侧，使她整个脖子和小半块脊梁都露了出来。那脊背上有着柔嫩的浅色汗毛，毛桃似的，汗毛下是年轻的皮肤和一层匀净的脂肪。小回子看着这些心里受罪极了。不必去触摸，他完全能想象手掌触上去的感觉。

小潘儿一手握了把鲜绿的塑料梳子，一手将头发理着，以那梳子去梳。她仍同小回子谈天，谈她多想去看看深圳，她的一个儿时朋友在深圳做流水线上的女工。她说，看看那地方，死也闭眼了。她问小回子："你去过深圳吗？"小回子说："没有。"然后他忽然补一句："那有啥可去的。"小潘儿拧了两把头发，手灵巧而狠地在额前一绾，面颊紧绷绷的，连皮下茸茸的血管都隐约可见。她说："你不想去深圳？"他摇摇头。她说："电视上看到莫得？跟外国似的。"小回子有些

愧怍地笑笑，愧怍自己与她在这件事上的意见不合。她拿起
一块毛巾擦着头发、脖子、耳朵，手的动作狠而迅猛。脸蛋
发出异常的光泽，像刚刚长好的伤疤上的光亮新肉。

　　他看出那是块军用白毛巾，新的，刘司务长的权力包括
成箱的崭新毛巾，各种食品罐头，各种脱水菜、香肠腊肉，
各种干果，谁都不怀疑司务长偶尔拿他手里的货物去同过路
的汽车兵交易。内地的时髦到达刘司务长这里最多晚半年。
刘司务长口头上对此地骂骂咧咧，但小回子肯定，他是全站
活得最美滋滋的一个。如果再有个小潘儿这样的女子给他钓
到手、陪他吃喝陪他色情，这里便是刘司务长的乐土了。他
是这样一个胸无大志、缺乏情操、令小回子小瞧的男人。他
却眼看着刘合欢一分一秒地在征服小潘儿，并向兵们炫耀和
夸大他的征战成就。

　　这时他听她仍在说着深圳，那条做绢花的流水线。她双
臂举向头顶，狠狠揉擦头发时，胸脯颤动得很剧烈。小回子
马上躲开它，想刘合欢背地里就拿这个来玩所有人的好奇心。
他讲得有形有色、活灵活现，似乎是看见过毫无遮掩的它们，
形状、温度、尺寸都给他亲手掂量过似的。小回子想到刘合
欢把两只油亮的皮鞋架到桌上，手指上夹一根烟，向一屋子
已睡在被窝里的兵们"美言"小潘儿时，他就恨不得把这油

条一枪毙了。刘合欢讲着讲着会突然跳起来，一把捺在某个兵的身体中段上，喊着：支这么高个帐篷——这货思想太肮脏！小回子看着小潘儿妩媚地垂着眼帘，扯下梳子上的断发，右手食指飞快地将它搓成个球。他想，刚洗过头发的女子大概是女子最妩媚的时刻。这似乎也是哪个小说家的发现，小回子喜欢这桩发现。

下午小潘儿来到站长的寝室门口。她明天要搭车走了，她想跟他说个"谢谢"。万一站长挽留她再住两天，她会马上答应下来，让站长来不及收回随口溜出的客套。但她明白站长绝不可能挽留她。二十来个战士一同向站长恳求，站长也不一定会留她。只有刘合欢昨晚在篮球场上，当着一大伙兵的面对她大声说："再多住几天嘛，我们这些兵娃子都舍不得你走！"兵中间有人叫唤："刘司务长顶舍不得你走！"刘合欢一点儿不觉被揭露的窘迫，大声说："你咋说这么对？我第一个舍不得小潘儿走！"又有一个兵说："小潘儿你快走吧，不然我们刘司务长要爱上你了！"刘合欢嘻天哈地地说："我早就爱上了，你没看出来？"另一个兵说："小潘儿那你还不留下做我们刘嫂子！"所有人都仗着人多壮胆，把很实质的话借玩笑嚷了出来。当时她又羞又笑地转身便走，说：“我以为你们多文明，原来一个好的都没有！”这时便有人说：“小潘儿嫂打击面太大了，我们金站长从来没惹过你吧？……”

这是间收拾得整齐至极、已失去舒适的房间。比其他兵的屋更朴素，没有色彩艳丽的枕巾，没有贴在墙上的电影、电视画报，素洁得令人起敬亦令人生怜。令她这样喜爱建设和修饰生活环境的女子生怜。屋角那只床也是太单薄整齐而没了温暖。再就是一个写字台和一把椅子，两个书架摆满书和字典。书搁不下，又由四个军用罐头的木箱侧竖起来，再叠摆，充当第三个书架。听兵们说金站长时常托汽车兵替他从内地买书来。书架对面搁着两个沙发，看得出是就地取材自制的，木工颇业余，沙发看去很公事公办，若有两个人坐上去，只能是谈公事。所有情趣都在写字台上。玻璃板下压了几张国画山水的贺年卡，两个相框里有些男男女女，竹笔筒里除了插笔，还插了两根黑白斑纹的野鸡尾翎，很长的，人踏在地板上的震动便使它们得意扬扬地晃动起来。她唬它们那样探出脚猛一跺，它们竟大摇大摆，如古戏中的少年统帅，却只有精神，而无形骸。她想年仅二十三岁的站长大约也这么玩过，或时常这么玩，把他在人前隐藏的调皮、活泼在这里泄露，以它们触发。

挨着写字台，是个立式衣架，挂了一件军服和一顶军帽。沿军服领有一圈浅浅的油渍。男人啊！她忍了又忍，还是忍不住伸出一根手指，在那油渍的领上抚摩了一下，又嗅了嗅那根手指。似乎这可以证实，清俊文雅的男孩似的站长，男人得十十足足。有声音倏然从身后传来，她忙缩回手，扭脸，金鉴已站在门口。她像头次在锅炉房见他那样，羞怯成了股轻微疼痛。女人总是对最不易接近的男性怀着痴心妄想。从第一眼见到这高中生似的年轻军官，她便生出了一种从未有过的感觉，那感觉是熬煎她内心的，是不甜的、苛刻的，时时跳到局外来挑剔她的姿态、她的笑，或不笑，它总是嫌她那笑太热络，同时嫌那不笑太呆板。她没有一个表情不被它挑剔，没一副模样让它认为是还说得过去的，还算美丽的。她从来没体会过如此深的自卑。

她像个乖女孩那样规规矩矩对他笑笑，说："想来跟你说一声，明天我搭车走了，谢谢你对我的照顾。"他也微笑一下，说："哪里有什么照顾。听说倒是你帮了我们一大堆忙，帮炊事班做了好多事。"两人都客套得到了顶点，她感到空气中的氧气更进一步地欠缺了。金鉴倒了杯茶，端给她。她想他这是何必，她一分钟也不会多待。她受宠若惊地去接，动作是慌的，手跟手碰上了。似乎都怕摔了杯子，他们就那么手挨手地僵了一瞬。然后，她低下头吹着水面上的茶叶。茶的气味一点也不青不绿了，是陈旧枯黄的味道。等她抬起头，发现金鉴正从她脸上抽回目光。就像她从他军衣上抽回手。她眼睛里有八岁时那样的胆怯。"你是川北哪里的？"他总得找话。"说了你也不晓得。小地方。""你是重庆人吧？""离重庆还有一段路，也是小地方。"她没料到他会那样笑。金鉴的笑忧郁得令人心动。人们一眼能看出他是个内敛忧郁的人，可直到他笑人们才能证实他的忧郁果真如此天然。他问她这次可是回家，她垂着眼睛，笑一下，未置可否。"现在的乡村肯定都变了，我有好久没回家了，上军校时回过一次。我们县城边上的乡村都变了。"她听他跟自己讲着。她没想到他会有这么多话。她不知道一个内向的男人偶尔会在一个女性——往往是不相干的女性那里变得很感慨。她便也说起自己。她一下子活泼起来，她也不知是怎么了。她说她们那儿的男孩女孩都早早辍学。"为什么不上学呢？不上学做什么呢？"他皱起眉头，显出操心和轻微的愤怒，"现在的文盲率在大幅度回升，再过几年，简直不敢设想，中国乡村的人口有一半是半文盲，十分之一是文盲，咋了得！你也辍学了？""嗯。""上到初中？""上到小学五年级。""五年级？！""嗯。和我一样的女孩那阵都不上学了。""不上学你们年纪轻轻做什么？""有时晚上跟着大人上山，帮着砍树。""砍树？""嗯，砍了树打大衣橱、五斗柜，送到县城去卖。""那就是偷伐森林是吧？""不是啊，大家都去。林子都承包给个人了。""那也是偷！国家是不准私人乱伐森林的！全国的很多山区森林都遭到破坏，破坏面积快到整个森林覆盖率的百分之四十了！一些原始森林正在消失！知不知道森林被伐的恶果是什么？是土地沙化，土质流失，洪水，气候恶变！生态环境恶变！你们不想想你们的下一代？！九亿农民在断自己子孙的活路！"她看着这个高中生一样的年轻军官一点儿文弱都没有了，激烈地站在她对面，消瘦的脸上有了种仇视和轻蔑。他的一只手在空中划上划下，她没想到自己会把他惹成这样，把一个温文尔雅的人惹得这样暴戾。他的手停在了离她面孔两尺的地方："这也是恶性循环，跟自然生态的恶性循环差不多——你们先是拒绝受教育，选择无知，无知使你们损害自己的长远利益，长远的利益中包括你们受教育的权益，包括你们进步、文明的物质条件，你们把这些权益和条件毁掉了，走向进一步的无知愚昧——越是愚昧越是无法意识到教育的重要性，而越是没有教育越是会做出偷伐山林这样无知愚蠢的行为！"他形状标致的唇间喷射出晶亮的唾沫星子。她畏缩起来，不知怎样才能替自己挽回一个已在他眼中变得愚昧的形象。她觉得他随便讲讲就比报纸上的文章还有水平,她第一次碰到如此认真地把什么"生态平衡"之类的事作为日常思考、作为个人忧虑的人。他这一顿劈头盖脸的谴责使她顿时感到:不行了,她对他五体投地了。

他见她蠢里蠢气地瞪着他,似懂非懂是肯定的。她只是把一张脸端出个很好的角度,轻轻点着头。他一下子没劲儿了,她是个没什么脑子的可爱女孩,他对她吼什么?他把她吼得那样惧怕,把她贬低得那样彻底,她都轻轻点着头:对愚昧无知点头,对半文盲也点头,她全盘接受他指责的罪过。他有点儿不忍起来,拎起暖瓶替她杯子里添了些开水。她却放下杯子,说不打搅了,站长。金鉴突然想到那撞进他视觉的粉粉一条裸体。更是一层愧意上来。嘴一张,出来一句:"以后还会来这里放蜂吗?"他恼自己在这时还去戳穿她的谎言做什么。从兵那里听来她的全然不同的来头:有说她去青海找工做的,有说是相对象的。她扭过脸,身子和脸成了个很好看的矛盾。后来金鉴对这个不寻常的女子的浅淡记忆中,她的这个身姿是唯一清晰的记忆符号。她突然说:"我扯了谎,我不是来放蜂的。"她一个肩斜抵在门框,有种柔弱无助的感觉出来了。金鉴说:"我知道。"她一狠心说:"你知道啥子？知道我是给人拐卖出来，拐卖给一个牲口一样的男人。"
金鉴把目光移到她脸上，恰看见两颗泪珠骨碌碌从她澄清澄
清的眼里滚出。他镇定地看着她两颗泪变成了四颗、六颗……
她咬了会儿下唇，下唇发着青白抖颤起来："不是一个牲口，
是，是两个牲口。两个牲口样的男人。"金鉴看着这丰圆的
小女人，社会的堕落和黑暗滋养了她愚蠢的美丽；她这份美
丽和愚蠢完美的结合是专门供奉给那堕落和黑暗的，她已是
满面泪水："我是虎口逃生的。"金鉴不再看得下去，回身从
脸盆架上取了他自己的洗脸毛巾，递给她。除此，他没有别
的安慰可以提供了，她也不懂自己怎么会对这陌生的年轻军
官倾吐。或许刚才他的激昂、他的愤世嫉俗、救度天下的书
呆子式的胸怀，那大而化之的悲天悯人情绪，使她瓦解了。
抑或她心里那太非分的爱慕只是种纯粹的折磨，不如对他讲
出实情，让她自己根绝完全无望的对他的恋想。现在他知道
了，她是被糟践得所剩无几的一条很贱的性命，他可以有的
只能是充满嫌恶的怜悯。这样，他们之间的距离便更大地拉
开，足够大的距离让她的心死得踏踏实实。好了，看你还敢
痴心妄想。她不知她泪汪汪的样子如何地楚楚动人。金鉴冷
若冰霜的脸柔和下来。低声说："怎么会有这种事。"他还拿
眼睛追究着她，要她细细讲出始末。她用毛巾捂着面孔，缓

缓摇着头。无从说起了，什么都太晚了。金鉴又以更抚慰、
更不平的语调说："报上偶尔读到拐卖妇女儿童的消息，今
天才知道真会有这么恶劣的事。"她还是沉默地摇着头。他
又说："你该早些告诉我，我们军人有责任保护你这样的受
害者。"学生腔来了，她却给这孩子气的正义弄得心里更是
一阵温热，更是一阵暴雨般的泪。她却一直缓缓摇着头。他
深吐一口气，高一个音调说："假如你觉得，和我们这些兵
待在一起，能……能有些安慰、起码养养伤散散心；你要愿
意的话，就在这里多住几天。我了解过，大家都很欢迎你。"
他像正义的化身似的，不带明显感情地这样说了。她不再摇
头了，从他的毛巾上抽出红红的一张脸。在最没希望和地位
的时候，升起爱的希望，这有多么悲惨。

两人都没防备，一个人已到了跟前。刘合欢急煞住脚步，
疑惑地看看泪人儿和据说不近女色的站长。他夸张地做了个
给他俩造成极大不方便的抱歉脸色，又做出立刻要知趣撤退
的姿态。小潘儿却飞快地转身走去，手里拿着的金鉴的毛巾
都没来得及丢手。

刘合欢的笑鬼里鬼气，他盯着金鉴，意思是你也不那么
君子嘛。金鉴压抑住反感，刘合欢那副"正撞上好戏看"的
表情很让他讨厌。兵们说刘司务长是卖油郎独占花魁，要给

兵站娶个司务长太太。他此番表情自然是把金鉴当作对手的，他怎会去做他的对手，除了饮食男女，这人还有什么心胸？就是饮食男女，他也从来玩不出高品位来。金鉴这样想着，微皱了眉问刘合欢明天的伙食可安排好了，堵在两头的汽车部队已积压下很大的人数，免不了要开十来餐饭的。刘合欢仍是笑眯眯的，心想站长你别往正事上打岔，刚刚那出戏你对我还没个说法呢！他掏了根香烟，万宝路，金光闪闪的打火机清脆地一弹，喷出一条火舌来。他从香烟的烟雾后看着小鬼头站长，要他明白我刘某来捉摸你这么个小鬼头，可太不难了。他嘴里应付着金鉴的每一项提问和指示，说你放心站长，别说十顿饭，我一天三十顿饭也开过。忽然转了话锋说："小姑娘跟你掏肺腑之言哪？你可得小心——女人在男人面前笑，没大事的；女人要在一个男人面前掉泪，事就大了。"

　　金鉴正拿了军帽要走。他不想把小潘儿的秘密讲给任何人听。他心里由这不幸女子引发的不幸感、引发的沉重，刘合欢这种土头土脑的花花公子是无法理解的。看看这个兵油条，自这兵站来了位年轻女人，他一天一件花里胡哨的毛衣，皮鞋擦得比食堂的不锈钢高压锅还光彩照人。一个年轻好看的女人确实使整个兵站都有些失常的兴奋，可刘司务长这样拿出全部家珍来打扮，采取明火执仗的攻势，也实在太不浪漫。其他几个兵还知道远远地弹几首吉他曲，唱两支灰心伤感的流行歌，弹的唱的都拙劣，比起刘合欢的拙劣，还是雅出十倍去了。在军校时听过很粗的话，是讲边远地区当兵的性体验的：当兵三年，母猪赛貂蝉。这样说小潘儿很恶劣，她比貂蝉差远了，毕竟还是看得顺眼的，不是随便闯入雄性世界的雌性动物，而金鉴对她突然有了层亲密，是因为他知道了她所受的伤害。刘合欢醉意地笑着，像有撮合金鉴和小潘儿的意思："小潘儿这样的女人真不错，一看就知道能干活肯吃苦，也能生会养，多实惠。你我这种人，她这样的最理想。我说站长，就别在你那些书里找'颜如玉'了。"金鉴觉得这人真粗俗得无救，冷笑道："你以为都跟你似的？"刘合欢说："我怎么啦？我这人就是实在，不去想军校里那些目中无人的大小姐。"

他戳痛了金鉴，他知道金鉴在军校有过一个女朋友，是某个重要首长的女儿。首长为了自己女儿好，便把不够格做他女婿的、小城镇出来的高才生一笔批发到这老荒山来了。随后金鉴的女友很快便成了"前女友"。金鉴尚未愈合的伤给刘合欢这一刀捅过来，脸变得疼痛而凶狠，脖子也粗了。他指着刘合欢大声说："告诉你，我可不会跟你为个女人摆擂台！不过你他妈的要欺负她，我要看着不管，我是你孙子。""我欺负她？！""你他妈的不是有油水就捞，有便宜就占，能动手动脚就动的？老子警告你，你少打她主意，少在她身上动手动脚！"刘合欢收住了一脸嬉笑，他从沙发上一蹿身，蹲在了上面。"金鉴你他奶奶的犯什么病？我稀罕在她身上动手脚？！我欺负她？她找上门来请我欺负我还考虑考虑！""你少给老子提虚劲儿，谁没看出来你一天三回往人家门口串！""我不能串怎么着？我是中尉司务长，我明天打结婚报告，后天娶了她，你把我咋着？！我一有权利，二有自由！"

两个人发现彼此长期以来的瞧不上、相互暗暗作对方的梗，此刻在一个小潘儿身上暴发出来。此刻刘合欢已站在金鉴对面，金鉴略带恶心地看着他脸上冒一层油，手指上的进口烟抖了他一地的烟灰。两人都不知道自己的脸红透了，像两只马上要斗起来的红冠子公鸡。金鉴说："别把烟灰往我地上撒！"刘合欢将烟往地上一扔，脚上去一蹍，说："金鉴，要是你也想闹闹恋爱，明说一声，我不是不能让给你，就别装正人君子，装保护神！"金鉴一根手指伸出来，指点着刘合欢，指点半天没出来一句话。脸上是"跟你这种猪我还有什么可说的"苦痛笑纹。刘合欢乘胜追击："这都好商量——我为人大方，也是有公论。一个妞儿，你至于跟我别扭吗？我让给你就是了！"金鉴压低嗓音说："再说，我揍死你！""行，拉出去比画去，让咱这些兵蛋子看看咱知书达理的站长为个女人也会揍人。走啊，怕影响不好啦？""刘合欢你别来劲，四年军校我也不是白混的，揍你我还能揍出个漂亮的来！""你不揍你是闺女养的！走，咱们上操场上去，也好让大伙让那姑娘有个看头！"金鉴却突然泄了气似的，轻声而恶狠狠地说："你这流氓。"

刘合欢笑起来，重新抽出根烟来点："刚才她跑来告诉你，我怎么流氓她了？哭得那个样！我跟你赌咒，我碰她一手指头我是闺女养的！""那你是还没来得及。""这话说得对路，确实没来得及。""你是打算要去碰的喽？""怎么了？你碰得我碰不得？""刘合欢你狗日的听好了，这样的女孩子我永远不会去占她便宜，永远不可能去欺负她！她已经给人欺负得遍体鳞伤了！……""你什么意思——遍体鳞伤？"金鉴在犹豫是否告诉他实情，阴郁地看着地板上那个烟头。他认为自己没有叛卖她的权力。他说："反正她是个遭遇很坎坷的女人，被人欺骗、欺负，真的可以说是遍体鳞伤。我们做军人的，不应该加重对她的伤害。""她都跟你说什么了？"金鉴没有直接回答，感动于某种神圣和高尚。刘合欢闷抽了半支烟，刚才金鉴那番十分十分学生腔的话不再让他觉得滑稽了。他说："我怎么会欺负一个孤零零的女人呢？说老实话，我是挺喜欢她的。"他想，自己怎么也学生腔起来了？他见金鉴已出了门，他穷凶极恶地抽了两口烟，蔫蔫地起身走去。

　　下午，小潘儿一个人在菜地里拔菠菜。她帮忙总帮得很到点子上，从来都能发现别人忙不过来的活。这里晚上霜大，菠菜全给打得扁扁地趴在泥上，拔不好就扯烂了。从她后背看，她半蹲的身子活像个葫芦，一个漂亮完整、饱满圆熟的葫芦。刘合欢心里这样形容着，一面慢慢走上坡。他要来看看明天的十来餐饭怎么搭配干鲜荤素，计划耗用多少鲜菜。当然，他是听炊事班说小潘儿去菜地了。她听见脚步，从肩头甩过一个微笑给他，但显然是刚刚从很深的心事浮上来的。她手指又快又狠地在泥里抠着，随即又快又狠地甩掉泥，扔进大竹筐。刘合欢走到她跟前，她顺他的脚看上去，看到他的脸。他脸上的阴沉一目了然。他原以为自己同她是顶近的，却让金鉴知道了她的什么隐衷。她却装着看不懂这副脸色："你们说这地方的土不出东西，看看这菠菜长的！叶子厚得跟木耳差不多了！夜里有霜还长这么肥呢！"他还站着不动，跟栽在那里似的。她继续装着没看见他的异样，说："杵在那儿，也不晓得帮个忙！"他说："到底咋回事？"她说："啥子咋回事？""谁欺负你了？""没得哪个欺负我。""那你在金鉴那儿哭什么？！"他凶起来，像是有了她的所有权，有这权跟她摆大丈夫架式。"没说啥子——金站长要多留我在这住几天。""就为这个哭？"她不言语了，下手更狠更快。他想，她大致是他的了，起码眼下是他的，金鉴倒做了那么大个人情，她倒也相当买这份人情。女人贱就贱在这里，从来不知哪头炕是真热。她站起身，见他怨艾寒心地看着她，她忙笑一下说："你不高兴——我要在这多住几天你不高兴？"她说着用泥乎乎的手擦掉脸上的碎发。泥在她圆滚滚的脖子上留了道擦痕。刘合欢没好气地说："别动。"他从口袋掏出一方手帕，替她掀着衣领，将泥迹擦去。

　　太阳在密集的松针中毛糙起来。他想，他是不是对这个女子真动了情，真要同她从长计议？顺着衣领往下溜了一眼，他看到那两个坡度。他知道这个时候是想不清任何事的。绝不能说我喜欢你、爱你之类的蠢话，说了以后也很可能不算数的。她知道他刚才看见了什么，却没有收回它们的意思。她只看着他肩章上的两颗星，阳光这时集在两颗星上。他说："先把菜放在这儿，回头来拿。"她不问"去哪儿？"就拍拍手上的泥，跟他往松林里走去。松林的绿色越来越深，变成黑的了。果真有一片雪，颜色发灰。她的高跟鞋踩上去，那雪竟很脆。他问她冷不冷，她说有点儿冷。他脱下军衣给她穿上，她像孩子那样看着他一颗颗替她系着纽扣。然后，她发现自己已在他宽宽的怀里。他埋下脸，她感到他不像他表面上那样老练。吻还是直统统的、纯洁的、土里土气的。吻在十分钟之后才渐渐摸索出路数，开始幽深。吻在二十分钟之后才不纯洁起来。它移向她下巴、脖子。她的胸前被掀开越来越大一块裸露。他却在她全部交出自己时停下来。两人都没一句话。他想他可千万别昏头，别说出"我喜欢你"，说了事情就不一样了。他已经一点点明白金鉴指的"欺负"是什么。她身上有被"欺负"的痕迹，她从一开始就有这类疑点。金鉴的话只不过使疑点不再是疑点：她是个有过某种暧昧来历的女人。在男人方面，她似乎见过大世面。可究竟是怎样一种欺骗和欺负烙在这女人身上了呢？一些流窜到城市的乡村姑娘，自找着去给人欺骗和欺负，靠这类欺骗和欺负养活，以此去浪迹天涯。她是不是属于那类女子呢？这想法使刘合欢恐惧了，他轻轻掩好她的衣领，心里恼她一点儿反抗也没有，即使是假装的半推半就，也会让他心里舒服些。

这一夜刘合欢一直坐在被子里抽烟。三点时他披上棉大衣起来了。一夜他似乎已想清楚，他不想知道小潘儿的究竟。她负载着什么样的伤害，那伤是否活该，他都不想追究。他已想通了，为她身上与生俱来的好女人素质，为她的好看和实惠，他就糊涂一回吧。他是真心喜欢上她了。学生腔的金鉴大概管这叫爱情。

他来到小客房门口，敲了几下，里面她带着痰音问："哪个？"他说："开开门。"好大一会儿没响动。他又说："是我。"脚步不大情愿地移近，门开了，他挤开门和她，走进去。两人的装束一模一样，都是在内衣上裹了件军大衣。月光很白，被白布窗帘滤过还是白的。她要去拉灯绳，他捺住她说："不要开灯。"她嗅出他从内脏到表皮被烟熏得极透。她明白这意味着什么。事关重大了。她说："才几点你就跑这来，回头人家说闲话。"他说："怕金鉴不高兴？"她说："你们军人不是有军纪吗？""军纪也没规定一男一女不能在早上三点谈谈心。你怕闲话？""我？我隔两天就不晓得在哪个地方了。"

他听出她的叹息和冷笑。后来刘合欢回想起来，才悟到她此刻绝境中的心情。他后来想，若他那时知道她的绝境，或许会有一线转机。会有什么转机呢？他会放弃中尉军衔，同她去流亡、亡命、铤而走险？他有那么玩命地爱她吗？一切都是后来，在失却了那类极端机缘后，在永远赎不回她那妙不可言的圆圆脸蛋儿、圆圆身体后，他才有瞬间的五内俱焚。其实后来他想到许多可行措施，国家正经历最热闹的变革，各种可能、机缘都会有，有人在最忙乱的边境城市，比如深圳、珠海、海南反而安安全全隐藏起来，开始新生，抹杀无论怎样的个人历史。有人混出了国境。可以混入印度，或混入缅甸。上天入地，只要他实实在在拥着她的肉体，她的勤劳、青春、善于建设、善于持家、善于点燃他欲望，又善于平息这欲望的肉体。而此一刻的刘合欢刚刚做了决定，对她不去看透，不加细究。

她与他对面坐着，渐渐能看清对方的脸部轮廓。她问他想不想知道她的真实来历。他说："是你昨天告诉金鉴的那些？"她摇摇头，说："金鉴只了解了一小部分。"他沉默着。她说："你是不是想和我好？"他慢慢点点头。她伸过手，他的手迎上来。两张床之间的桌上，两只手经过一番逾越，颇吃力地交握着。他说："我知道你是咋回事。"他不要听她亲口告诉他，她的一段不可启齿的故事。她沦落过，卖过淫，或许她会告诉他她如何的身不由己，如何地不明不白已落在歹人手里。他说："拉倒，你是咋回事就咋回事吧。我只要你现在，以后。"他说："小潘儿。"他又说："小潘儿你啊！"他把他方头方脑的脑袋垂下来，垂在了他和她的手上。她腾出一只手，摸着他浓密的头发，又摸着他的耳朵，刺麻麻的鬓角。后来他回想她的这一段无词的抚摩，才意识到真话如何一阵阵涌动，她张口即会将它呕吐出来。

　　她把他拉起来，拉到自己跟前。他在白白的月色中看见她眼睛好明亮。她把他的手指搁在自己衬衫纽扣上。他想她误会他了，他并没这个打算。他的打算是来宣布他对她产生了长远的打算。他的手指不动，喃喃地说："往后有的是时间。"她便自己动手了，动作仍是她一贯的狠和快，不，更狠更快。一会儿便是一团温暖，光润坦然的一团温暖了。他紧紧搂着她，说："我不是这意思。"她的手已又狠又快地上来，解起他的纽扣来。他说："我真不是这意思。"他又说："金鉴不准我欺负你！他今天差点儿跟我打一架。"他心想，自己怎么这会儿也这样不实惠起来了？学做金鉴？他还在说："金鉴是个有良心的人，我今天才知道。"他想，我怎么越来越跑题了？她不容分说，扯住他，两条结实圆润的臂把他箍得铁紧。他突然发现她脸上全是泪水。他心里一阵疾痛——她是听见金鉴的名字而流泪的，她心里有的是那个还欠一大截成长的男孩。这疾痛使他不愿再扮出金鉴式的神圣和高尚。他狠狠地动作起来，女人贱啊，专门去让那些表面上爱护尊重她们，实际上永远对她们居高临下的男人占据她们的心灵。有朝一日，他会把那占据彻底挤出去。她的泪为金鉴流，她的人却拿在了他手里。让她为那份毫无指望的痴心流泪去吧。

金鉴，你也只配这点儿眼泪。

　　小回子从汽车兵排长手里接过一大纸箱邮件。他就地蹲下来分拣。总是金鉴的信最多，刚过完四年大学生活的人当然是继续以写信来过校园生活。小回子羡慕站长有那么多可以拿笔来交谈的朋友。有些信在长途颠簸，各层邮递机构的盘弄中破损了，露出信笺和照片。小回子很好奇，想看看可有女人给站长寄相片。但他只是好奇而已，他知道站长有个曾经恋爱了一大场的女人。现在他们仍是频繁地通信。他认得出她的字迹，他从金鉴看见这字迹时的神色断定那是她的字迹。他认为他们分了手还有那么多可写可谈的，正说明他们的文明和现代，说明他们的不俗。男女间除了刘合欢叼着烟架着二郎腿胡说八道的那种关系，还有别的感情出路、感情空间。小回子为年轻的站长这样的失恋——这尚未终止、可能将延至终生的一场失恋深深感动并酸楚。站长缄默的失恋使失恋比恋爱更美好，起码在小回子心目中。他宁可仿效金鉴这样情深谊长、宁静凄美的失恋，也不会选择刘合欢那样哄哄闹闹的热恋。

　　从这几天的观察小回子断定，刘合欢已闹开热恋了。对象自然是小潘儿。他甚至观察到小潘儿其实是更中意（或只中意）金鉴的。哪个女人会不中意金鉴：分寸、教养、智慧。
女人尤其会爱有这些才干和美德又不得志的人，如金鉴。小
回子昨天下午见小潘儿正帮炊事班锯木柴，忽然飘起毛毛雨，
她丢下锯便跑去收衣服。小回子认识那是金鉴的一套军装。
她若不细心地暗中注视着金鉴，绝不会观察到站长早晨洗了
衣服。小回子想，美丽的小潘儿若能使郁郁寡欢的站长欢乐
起来多好！她会给他很大欢乐的，正如她给了小回子，给了
全站二十来个男人那么多欢乐。偏偏是刘合欢这种人得了逞。

　　星期天晚上玩卡拉 OK，大家央小潘儿来一段，她扭捏，
找一百个借口，刘合欢像是有控制她的权威似的，眉一皱，
下巴一扬，对她说："叫你唱就唱呗。"小回子在那个当口上
把刘合欢恨了个透。小回子想，没准儿金鉴在心里是挺爱小
潘儿的。见她拿着卡拉 OK 的麦克风，身子一歪一歪地唱起来，
金鉴笑了一下。小回子认为那一笑可不一般，当然他不知它
不一般在哪里。他就那样抿嘴一笑，转身走了，生怕有更多
的流露似的。小回子认为他的猜测若没错，站长在他心目中
就更有地位了。一个默默热恋、默默失恋的男人，多么诗意、
多么勇武，是多么男子汉的一个军人，他觉得自己在这一点
上是有希望成为金鉴那样真正的男子汉的，他对小潘儿也是
默默地欣赏，默默地为她的每一分可爱、每一分美好而在心

里默默吃苦。她极偶尔地莞尔一笑，几乎是敷衍他的，他都
为此一阵心伤。她不曾亦不可能对他有任何伤害，他却感到
那隐隐的一丝伤害；她腰肢的一个扭动，她曲线毕露的身材
的一个起伏，她与其他人不相干的一句搭讪，都让那丝伤害
细细作痛。小回子认为他在看站长抿嘴微笑、转身离开的刹
那捕捉到十分相似的细细疼痛。为此，他感到骄傲：为自己
同站长能有如此高尚的同病相怜，为站长和自己同承一份中
世纪古典骑士般以牺牲为形式的恋情。

那边三四个兵在轮流让小潘儿替他们剃头。不知谈到了
什么，几个人都前俯后仰地笑。小潘儿给了那坐不老实的兵
一小巴掌。小潘儿才来六天，把这里变得一个家一样。站长
把她挽留下来，多住几天，她便十分当家做主地做这做那，
一分钟也不闲着。没人猜透站长把她留下来的用意，因为大
家都知道她基本上已属于刘司务长了。

信和邮件分拣得差不多了。金鉴刚送走最后的汽车连，
腰上还扎着皮带，挎着手枪。他小跑着过来，问有没有他的信。
小回子把八封信递给他，他高兴了，在小回子额上弹了一指
头。小回子看着一丝不苟的年轻中尉，心想，这种地方也用
得着你这么正规，全副武装。他明白他这样提着一份精神是
为了不使自己垮下去，不使自己屈从现实真的就变成个"军

事车马大店"的"掌柜"。历任站长都垮成了"掌柜",而金鉴不会垮,起码小回子这样想。

又上来几个兵取走了信。这时小回子在纸箱下面发现一张纸——一纸告示。他一眼看见上面的照片。等他神志再聚拢时,小回子发现自己坐在了地上。照片上的女子和小潘儿长得一模一样。那就是小潘儿的照片,小回子只得对自己承认了。这是张通缉令,通缉一个叫潘巧巧的杀人凶手。通缉令中的这个女子是凶残的,一手结果了两条男人的性命。小回子浑身发冷,冷了片刻才决定抬头去看那活泼可爱的小潘儿,那两只一动就显出小窝的手,怎么可能抄起一把特大号菜刀,噼里啪啦就把两个大男人给结果掉了?!一定是弄错了,一定是谁嫁祸于她的。看看这些个词句:罪犯手段残忍,使两名道班养路工当即身亡……畏罪潜逃……小回子这时见小潘儿拿一把刷子,蘸了粉,正帮一个佝着脖子的兵刷着颈后的碎发。同一只手在八个月前抄起刀,向两条粗壮的脖子砍去。小回子的体温在持续下降。金鉴不知什么时候又回来了,说:"这封信不是我的。"他又说:"你怎么了?家里出什么事了?!"小回子忙把"通缉令"翻个面。他眼直直地瞪着金鉴,忘了站长刚才提问了什么。"是不是母亲又病了?""没……没有。""那你脸色怎么回事,不舒服?""舒……舒服。""刚才不是还好好的？""是……是好好的。""哎，回子，有病别瞒着，我这儿不吃'带病坚守岗位'那一套。不准瞒着，听见没有？！""听见了。""听见什么了？""有病不准瞒着。"金鉴又疑惑地看他一会儿，才慢慢走开。

小回子不想瞒着，这么大的事，作为一个军人，瞒着是要有后果的。他只是需要时间来想好怎样"不瞒"。这事来得荒诞、突然、毫无道理，比噩梦更噩梦。通缉令是从大站转来的。就是说大站已通知整条公路沿线的所有兵站戒严，堵死了小潘儿无论进或退的路。她逃不了了。这个小兵站以它得天独厚的偏远，成了她最后的自由世界。自由与否，自由还有多长的持续，全在于小回子何时把这张通缉令翻过来，贴上墙。他想象除了这个兵站的全部兵站、旅店、县城的大街小巷，一定全都贴满了小潘儿甜甜的小脸。许许多多的人正看着她一汪清水的眼睛，对别人或对自己说：真看不出来，这么个小丫头心这么狠、手这么毒！别看她一副天真烂漫的样儿，杀人不眨眼呐！可得赶紧逮住她，不定她又要杀谁呢！……小回子慢慢将那通缉令翻过来，使劲瞪着上面的四寸照片。然后他再去看活生生的小潘儿。他催促自己恨她。一个杀人凶手，除了恨她还配得到什么？小回子就是恨不起来，牙关咬得再紧也没用，可他明白，做一个有正义感的人，不恨是错误的，不恨便也是犯罪了。十九岁的小回子第一次离罪恶如此的近。

小回子在恍惚中一晃就是三天。夜里他的睡眠变得十分散乱，时常一身大汗地惊醒。有时他似乎是被"呜呜"的警笛声惊醒的，有时他似乎感到一个人影在悄悄接近他，手持一把特大号菜刀。这个披头散发的女杀手时而酷似小潘儿，时而半点儿相仿也没有。她是来灭口的，小回子是这里唯一知道真相的人。小回子不敢再去看小潘儿。她似乎也有了某种预感似的：在汽车兵一批批来到食堂进餐时，她不是在菜地里忙，就是在柴场上忙，避免了和消息灵通的汽车兵们照面。又是周末了，刘合欢在晚上看录像时炫耀地说，星期天他和小潘儿要搭车去逛县城，县城里新开了一家重庆火锅馆和一家陕西羊肉泡馍馆。兵们开玩笑说刘司务长办订婚大席，谁不去谁不给面子——都去都去！小回子见小潘儿恼了刘合欢一眼，旋即起身出了娱乐室。刘合欢还在那里得意忘形，说大席是请不了大伙了，因为汽车兵只腾得出两个空座，不过进口香烟可以请几根。随即便掏出一盒新"万宝路"，往空中一撒，会抽烟不会抽烟的都扑上去打成一团。小回子看着人们在这随时要破灭的快活中，感到自己跟生了大病那样浑身虚软。他叫住与兵们拿隐晦的脏话快活打趣的刘合欢。

他说："司务长，我想跟你谈谈。"

刘合欢把小回子领到自己的办公室兼宿舍。小回子很少来这里。刘合欢请木工打的一套组合柜漆得贼亮，使小回子不由得不去想这个活得油光水滑的司务长小小受贿，或小小贪污，也就免不了小小喝些兵血。靠窗放着一张双人床，铺着厚厚的弹簧垫，上面罩着浅黄色缎子床罩，亮晃晃的还绣着花，翻滚着荷叶边。这里一切齐备，只差往里填个女人了。他被司务长安置在一张带布套的椅子上。他咽了几大口冷而沉重的唾沫，一再地开不了口。刘合欢问他是不是家里有困难，需要借钱寄回去。他没听懂似的"嗯？"了一声。司务长说："借公款现在得金鉴批条子，新站长嘛，上任三把火，这是头一把。"小回子还是没听懂他似的。若在平时，刘合欢拿这种话说金鉴，他会认为这是居心不良的挑拨。而这一刻小回子心情不一样，他对刘合欢所有的憎恶都暂时缓解甚至化解了。他心里为这个苦苦在山窝窝里消耗了九年生命的司务长感到难受。这个老兵痞是因为九年的与世隔绝而痞得令人憎恶，是孤单、空虚使得他失去了浪漫、理想和格调。九年他错过多少机会去和女人正正经经地恋爱、相处，那些失却的机会使他满口女人，生吞活剥的满口女人。小回子此刻似乎完全谅解了刘司务长，他所有的恶劣习气都情有可原，因为他刚刚要变得美好一点儿，因小潘儿的出现而获得了这个良性变化的机缘，却有一场致命的挫折已等在他面前。等在小回子的军装口袋里。

小回子的手伸进口袋，摸着那张通缉令。那张纸给他反复打开、合拢，拿进拿出，已起皱并有要掉渣儿的意思。无数次，他跟在近来变得意气风发的司务长后面，手就捻在这张纸上，捻得紧一阵松一阵，捻得一手心的冷汗，似乎要掏出的不是一张纸，而是一把暗算司务长的匕首或手枪。就像现在，只要他那只冷汗淋漓的手一拔出来，眼前这位刚开始在恋爱和在男女脏事中懂得一点儿区别的男人就会立刻毙命。刘合欢说："你到底要跟我谈什么？这么大个子，就从来没听你放过一个痛快屁！"小回子发觉自己的手已拔了出来，再一次是空的，雪亮的日光灯在一道道溢满汗水的手纹里晶晶闪光。刘合欢哭笑不得："你要有什么想不开的，我负责开导，我的开导水平不高，咱们可以找站长，坐在这儿发呆解决屁问题？！"

小回子看着自己粗大的手，说："司务长，我想问你一句话。""什么话？""就一句话。""有话快说有屁快放，你是要把我急疯还是咋着？""司务长，你是不是和小潘儿谈上对象了？"刘合欢一愣，平时的厚颜笑容又出来了。"干啥？我不能搞对象？""不是！""那你啥意思？""我想问，你是不是真对她有感情了。""有咋着？没有又咋着？""没有，就好。"

刘合欢唬一跳。小回子的失常相当严重。他脸上的兵痞相渐渐地消失，问小回子："你啥意思？！""你对她有感情了，别人都看得出来，我也能看出来。""那就算有吧。""深不深？""就算不浅吧。""打算和她结婚吗？""那还得看——我说，你跟我搞什么迷魂阵？！我二十八岁，中尉军官，结婚不是顶他妈正常的事？"

小回子对刘合欢不再是有一点儿同情，而是充满了同情。他想到母亲病重，司务长一句废话没有就预支了他半年的津贴和高原补助费给他。总之，司务长一点一滴的好处，对他、对别人，这一瞬突然在他心里汇集起来，放大，抵消了这兵油条的种种劣迹。原来他真的要和小潘儿建立个家，原来貌似油条的他内心也是一泓纯情。一个狠心，小回子的手插进口袋，怕这手再次变卦而不给它半秒钟的迟疑。小回子把那叠得只有三四寸见方的纸掷在司务长公务成堆的大办公桌上。

刘合欢将它展开，目光触到那相片时立刻反弹起来，来找小回子的眼睛。小回子平稳地看着他。现在是两个人在共承担一份责任了，好多了。刘合欢吃力地读着一个个字，像是错了天大一笔账，他要一笔笔地查找，看错出在了哪里。一面看着，他伸手去上衣口袋掏烟。他忘了刚才那盒烟散出给兵们皆大欢喜去了。小回子见窗台上有大半根烟卷，便伸手抓过来，递给刘合欢。他意识到小回子的存在，小回子给予安慰同时又寻求安慰的目光使他突然觉得这大个子男孩的陌生，抑或是超乎寻常的亲近。他点燃烟卷。他忘了这是和香皂存放在一块，染了香皂气味，当时被他抽了一口就掐灭的那根烟。

　　刘合欢问小回子："你告诉站长了吗？"小回子摇摇头。"你还告诉了谁？"小回子还是摇头。"就你一人知道？"点头。"知道多久了？""星期三汽车兵把邮件捎来的时候。""你他妈可真沉得住气！你当时就该告诉我，我也不至于……"刘合欢发了一瞬的脾气，脾气却很快又熄了。他根本没有力气持续愤怒。小回子品咂着他方才吐了半截的话，"我也不至于……"不至于怎样？山盟海誓？卿卿我我？当众夸了口要请"订婚大席"？刘合欢又说："这么大的事，你怎么敢瞒？！瞒了今天，还能瞒过明天？！"小回子嗫嚅："我不相信。我咋能相信？司务长，你和她处了快十天了，你觉着她会杀人？！"

　　刘合欢看着一米八四的大娃娃眼里汪起了泪水。他想，
这事公安系统会出那么大误差，冤枉一个二十来岁的女孩
吗？他一直觉得这女孩的来历缺乏头绪，或头绪极其混乱。
他什么都猜测过却没猜到她背了多么大一笔血债。那两只
稚气的、又常搔得男人心痒的小手，竟涂满过血。两个男
人死在了她手里，她那女性得不能再女性的美丽躯壳里，
怎么就寄生了一个凶狠残暴的杀手？他这个当了九年兵的
人，对于那样壮阔的流血场面，竟远远比这小女人缺乏见
识和气魄。上星期天金鉴独自溜进林子深处去过枪瘾，打
了一头獐子回来。背到兵站它尚未咽气，瞪着两只美人儿
的大眼睛，长长的睫毛越来越频繁地垂下。小潘儿用自己
的头巾擦着它腹上的血。她跪在它身边，它的伤痛是她的，
那垂死的目光从人和畜一样美丽的眼睛里一同发射出来。
血使她瘫软，和伤了的幼獐一样微微抖颤。刘合欢此时想，
这竟是女凶手的一出戏。

　　小回子说："司务长，我先走了，你看怎么处理，要我
帮什么忙，招呼一声。"这时所有的灯光暗淡下去，是发电
机出故障的预告。刘合欢从抽屉里拿出蜡烛，动作迟缓如老
人。他将蜡烛一支一支点上，渐渐地，十多根蜡烛遍布整个
空间。小回子在门口回头，见这间俗不可耐的房间完全变了，

浪漫抑或肃穆，成了辉煌的洞房抑或灵堂。他想司务长的良宵和末日更迭起来，司务长对小潘儿的感情比他自己意识到的，要深多了，比他向众人炫示的，要美好多了。但一切都不可挽回，司务长已开始祭他和小潘儿这短短的十天，连司务长自己都不明白，他已在送她。顽劣人物如刘合欢，也有这熊熊燃烧的悲壮情愫，小回子断定司务长自己绝对不懂这一屋子如心如脉的烛火的喻意。懂，他也绝不会认账。

　　刘合欢不知坐了多久，抬起头，见小潘儿已站在他面前。她在蜡焰中显得姣美、浓烈，也显得叵测、诡异。她说看到他屋里点了那么多根蜡烛，她可不可以讨两根。他说那当然。他从抽屉里拿出一扎没启封的蜡烛。搁在那张通缉令上。他看着她在烛光中不停地变幻。她说："你这样看着我干啥子？"她嫣然一笑。这一笑是过五关斩六将的。这一笑逢山开路、遇水架桥，帮她一路逃到了这里。他说："你好看啊。"她说："你今晚有点儿奇怪。""哪里奇怪？""我也不晓得，反正不太对头——点这么多蜡烛，闹火灾呀？""你不喜欢玩火？""我小时候喜欢，我妈说玩火要尿床。""那你现在喜欢玩什么？""我哪有时间玩。""玩男人？""你喝酒啦？说些醉话！""到这里来之前，你在哪里？做什么？"她看着他，知道事情不好了，但还抱着最后那点儿绝望的希望。"你今晚就是古怪。""你告诉我呀——能告诉金鉴,不能告诉我?
金鉴转脸把你那些事全告诉我了。"

他用起军队惯用的离间、诈审。看看,她要招了。她垂
下眼皮,又突然抬起,看他有没有金鉴那样年轻易感的恻隐
之心。"金站长对我说,你被人拐卖到西北。"话搁在那里,
等她自己去拾。"我是被一道手、二道手拐骗到那个我都叫
不出名字的地方。""然后呢?""然后他们把我剥得一丝不挂,
绑在床上,一绑三七二十一天。"她讲得跟他听来的所有拐
卖妇女的故事一模一样。"后来呢?""我还能怎样?一个女
人,没有钱,也不认得一个人。""你就做了那人的女人?""那
我也认了,到了这一步,女人不认还能咋样?""后来就跟
他死了心好好过了?"她不再说话,眼睛很黑很黑,瞎掉了
似的。"后来呢?"她阴惨地一笑:"想想嘛,你花大钱买的
女人,不虐待她,不把她糟蹋个稀烂,划不划得来?""他
们天天打你?饿你饭?像待女奴隶?""打算什么?饿饭算
什么?"她的故事又成了无数被拐骗的妇女的一份拷贝,他
这样听着、想着,心里已为这小女人开脱了一切。兔子急了
也要咬人的,一个弱女子忍到了再也不能忍的一刻,举起了
屠刀。她认为她的夸张并不大,谎也没撒太远。她没去讲那
个晚上她打开那大纸箱,看见泡在血里的二十英寸大彩电时,

那无法解释的心情。是复杂纷乱得令她发疯的心情。她干巴巴地讲着她所经历的一切劫难，她意识不到她讲的已不全是实话，尤其是讲到她小产后两个畜生男人浴着她的血轮番地受用她，受用到她奄奄一息。她不认为这印象有多大误差，它就是她心里存留的对整桩事情的唯一印象。

"后来呢？"她看看他：还有什么后来？她其实没吱声，只是看看他。她不去讲她怎样打开抽屉的锁，发现没有一分钱了。钱变成了那台彩电。它不是她的心愿吗？……她当然不会告诉刘合欢，她掀翻了整个的家，把两个男人置的新的家当全翻个底朝天。居然从傻畜生瘟一般臭的褥垫下翻出两张借条，是他哥哥写的，写道：今借到二宏三仟圆，今借到二宏二仟圆。从日期上看，一笔钱是借了来买她，第二笔钱是借了买电视机。因此她也好电视机也好，都是有傻畜生份儿的。整场搜索只得到八十元钱。她一早搭车到县城，去当了那个金戒指。唯一一家首饰店的店员说，这是假的呀。倒是那块老罗马表值些钱。她靠那百十块钱就那样混一天是一天地混。是个好看的女人，总不至于混不下去。无数的卡车司机，无数的旅店经理，无数无数的各行各业的男人，都是给日子给她混的。

八个月就稀里糊涂地混过来了，混到这个兵站，居然混成了众星捧月，她险些把自己的来龙去脉都忘干净了。险些认为一切都可以勾销，一切都能重来。直到这一刻，她还没有彻底放弃那极虚幻缥缈的"重来"。刘合欢把那张通缉令推到她面前，她看着看着，好像在看别人的事。"去自首吧，你是个受害者，是牺牲品，说不定会得到宽大处理的。"她摇摇头。"你不去也没有办法，你还能逃多远？""我不是想逃，我意思是，他们不会宽大我的。""现在可以找律师，帮你辩护……""我不相信哪个能帮我，一向就是以命抵命。"刘合欢想世上真有这样惨的事；这样年轻好看的一个女孩，这样一身罪孽。人家在她身上造够了孽，她以造孽的方式回报。

烛光飘飘忽忽，他站起来，要送客的样子。她看着他的眼睛说："我到死那天都会想着这个地方，这儿的人个个待我这样好。你待我这么好，从来没人待我这么好。"刘合欢看着她，想着这张美丽年轻的小圆脸哪天会从这世界永远消失。他心里一阵极度的不适，不知酸文人们所说的心碎可就是如此感受。她又四下望一眼，说："这么多蜡烛真好看，我从来没看过一下子点这么多蜡烛。我也不会忘记的——你为我点过这么多蜡烛。"她突然"噗"的一下，吹灭一支火苗，竟挑衅似的、孩子气地扭头看他一眼，笑一下。然后她又接着去吹第二根、第三根……吹到剩最后一根了，她说：

"这一根是我，你来吹吧。"刘合欢心里越来越不适。一定就是心碎了。她多么可能成为一个好女人、好妻子，她勤劳能干……他突然开口说："你还是逃吧。我想法把你往边境上送。我认识很多开车的。"她不吱声，想象这计划的可行性。"我给你一些钱，碰到闯不过的关，塞点钱说不定能行得通，这年头。就算这张通缉令根本没到达这个兵站，你来、你走，跟谁都没有关系，谁都不必担责任。真活下来了，想法来个信，告诉我一声。"她泪流得一大片黏湿。她知道这条逃亡的路是刀山火海，活出去的希望只有一线。她无知无识，即便活了出去，又靠什么去生存。还是靠三教九流各行各业的男人吗？那可是异国的了。他也流下了泪，他明白她活出去的希望多么细小。

刘合欢没把通缉令交给金鉴。他一天都在忙着和大站的同乡联络车辆。又去联络地方货运的熟人。紧张和疲劳使他到了晚上已一点儿嗓音也没了。篮球场奇怪的空寂，完全不像个星期日的傍晚。十一天来因小潘儿的到来而生发的快乐沉暗下去。刘合欢不知道这地方固有的心灰意懒的气氛突然的恢复，是否是人们的一种心照不宣。也不排除一种可能性：所有人其实都知道了小潘儿的真相，却又不忍将它做真相来接受，做真相来告诉别人。小潘儿傍晚时把借来的杂志一本本挨门挨户地送还。还有一大摞叠得平整、经她手钉了纽扣，做过缝补的衣服，她一一送到每个门口，仍是嘴不饶人地叫这个"大侄子"、那个"大外甥"。

太阳落山前，她拿了一个塑料包，往松林里去。她跟炊事班说她去捡些蘑菇回来。进了松林不久，她看到一个人靠树干坐着，膝上架着个本子，在写着什么。她叫他：小回子！他蓦地抬起头，第一个直觉竟是"快逃"。他见她正将双臂翻向脑后，将头发拢作一把，嘴里叼着两根发卡。她以衔着发卡的口齿对他笑着，他一时想象不出可曾见过比这更真切、更温暖的笑。她问："你在写啥子吗？"他觉得她穿着紧绷绷的水绿色毛衣在深绿的松树浓荫里怎么会那么迷人？怎么可以有那么可爱的凶手和逃犯以及死因？！他并没听见她问他什么，就这么似惊似愕地看着她。她的故事刘司务长已全告诉了他。他没想到曾经最厌恶的刘司务长一夜间成了他的知己，无话不谈的哥们儿。他和刘合欢是由于对这个小女人的同情和不平而突然盟结了一种情谊。这时她又问："你在写书呐？""没……写书。""那写什么？""军区报纸要的稿子。""写什么的吗？""瞎写。"一根发卡从她齿间落到满地厚厚的松针里。她叫他："你眼好，帮我来找嘛！"小回子只得走过去，其实他不情愿挨近她，那段使她更美好的距离他情愿它持续在那里。

发卡终究还是没有找到。她说她去拾蘑菇，问他想不想一同走走。小回子犹豫着，她下巴一偏："走嘛，两天你就见不到我了哟！"她借这玩笑口气，道出了那个最惨烈的真实。人一生有许多生离死别，只是适时没多少人意识到此一别便是永远。而这个正值风华的女子却知道现在与她相交错的人或事，都是永远的错过，一别便是永远。小回子替她五脏绞痛。他听她讲着她小时候的心愿，种种可怜的向往：要买一辆凤凰牌的女式自行车，骑着去县城中学，一路上被学生们叫着"潘老师早"。她要把车座拔得高高的，车把放得低低的，那样骑车的姿势特别出风头。全县城有两三个那样骑车的女孩，都是人人叫得出姓名的名流。小回子仍是听不完整她的讲述，他试图以她的心境她的知觉来体味此时此刻：她看着松林外隐隐绰绰的砖房，这是她短短一生最后一个歇脚点，这是个让她宁静，让她萌生巨大的遗憾、萌生巨大的希望的一个地方。因为她明白了二十多个男人可以远远地爱她、他们抚摩她而不触碰她，就像在她来到前，他们抚摩那张女明星的相片而实质上与她千山万水的相隔。他们可以永远地和她这样相处下去，在含有她呼吸的空气中……小回子在她不断向坡下的兵站注目时，感到他正以她的眼睛在看、在感受它。他觉得她一定明白自己在这十一天里是如何被狂热而沉默地关爱过。

她总是在叽叽咕咕地讲着、笑着。她说："金站长上回把我骂了一顿，我跟他说我们村的娃儿都不上学了，晚上帮大人上山砍树，打家具去卖钱。"她笑着说："你们站长好正儿八经哟！"小回子说："他借给我好多书看。"说完他想自己这一句话是多么的文不对题。她说："我要再活一回的话，就晓得要读书了。读书，考大学，然后到哪个单位去工作。"她侧转脸看小回子一眼，似乎巴望这开坏的一个头不如马上就结束在此，以使另一次头可以重开。小回子想，自己猜得多么准，她是心里恋着金鉴的。可惜她不能称金鉴的心、按金鉴的理想去重开个头了。想到此，小回子险些掉出泪来。她一边清脆地谈着笑着，一边蹲下或佝下身体，采下茸乎乎肥嘟嘟的一颗颗浅棕色松菇。她做出这样无忧虑的样儿是为了他好。不，是为她自己好。她总要有这接近完美的一段生活，这接近完美的十一天她一分钟也不愿去毁。

晚上九点，小潘儿从自己的一件衬衫上拆下一颗白色透明的纽扣，钉在金鉴的衬衫上。那里少了一颗纽扣。然后她仔细地将衬衫折叠，折得如刚从百货商店买回的一样。她两只手平抚着衬衫前襟，像抚着它那一面一颗心在得体地、有分寸地跳动。她那样待了很久，知道这是她为这男性集体做的最后一件事了。金鉴会在她消失后的多久，才能发现这颗从她身上移植的纽扣？它将替她陪他多久？它将替她聆听或抚摩那颗心脏的跳动多久？她失神地站起，脚步绵绵地，向金鉴的房间走去。门关着，里面有人在低声却狂暴地争执着。她当然是不该听的。她敲两下门，即便敲得那样胆怯也觉得十分的不合时宜。争执马上停止了，金鉴说：

"请进。"屋内是金鉴和刘合欢，坐在实实足足的一屋子烟里。两人迅速看她一眼，又迅速不再看她了，阴沉的目光等在半空中，当然是在等她出去两副目光才能重新着陆。她将衬衫放在金鉴枕头上，连一声招呼都不敢打便退了出去。她一转身，就感觉两个男人的眼睛一同朝她的脊背发射过来。她替他们掩紧门。里面还是沉闷。当然要等她走远。

她走远了。金鉴说："这件事追查下来，你我都得负责！无论她是不是在自卫情形下杀人，她现在是重大在逃犯，你不要这么法盲！""我一点儿不法盲，我知道法律不追究不知情者。知情者是我刘合欢，要负责找我负责，要铐铐我！""我现在已经知情了。""我他妈瞎了眼把这事来跟你讲——我以为你会以常识、良心、同情弱者的人之常情，而不是以这套教条——什么法治观念来处理这件事。天塌下来我扛着，行不行？问起来我就说是我放她走的，跟金站长没关系行了吧？！"金鉴沉吟片刻，说："不行。我必须通知大站。""就算你救我一命，就算你买我个大面子……""犯法的事找谁的面子都没法买。""金鉴，你看看刚才这小丫头，她能是个天生的杀人犯？她还不是忍到了不能再忍的时候。给糟蹋得快成渣儿的时候才不得不反抗的，你那心是块肉的还是块柴火疙瘩？我真他妈后悔来告诉你真话。"

金鉴沉思起来，随刘合欢发泄。他可以谅解刘合欢。他相信一个二十来岁的女孩能杀人，必有情有可原之处。但所有的情理应交到法庭上去讲。他做不了刘合欢那样的江湖豪侠，做不到如他那样不分青红皂白地同情她。她毕竟杀了两个人，杀两个人不能说是失手之举。他见刘合欢静下来，所有的指控词汇辗转用了十来通，本来他肚里就没什么正经词。他说他可以依刘合欢这一回，他怎样放她生他将不再过问。刘合欢感到意外，一口烟抽得不均，呛得哭天抹泪。他不知自己是否在假借这副模样流真心的泪。他说："谢谢你，金鉴。""用不着谢，以后再碰上个女人，迟些再昏头。"

刘合欢走出来，见小回子站在宿舍门口刷牙。这牙一定

刷了不短时间了，嘴里的牙膏泡沫由热变冷，渐渐干涸，看
见充军一般走来的刘合欢，他咕咚一下咽下了嘴里仅剩的最
后一点儿牙膏沫儿。刘合欢拍了一下他的肩，用听上去就十
分疼痛的嘶哑嗓音说："都说好了。"这时他突然看见几乎每
一个宿舍的门口都站着几个刷牙的兵。他们都已经知道了小
潘儿的真实身份，通过杂七杂八的各种途径。刘合欢心里冷
笑：矫矫不群的金鉴是唯一蒙在鼓里时间最长的人。每个兵
脸上都是小回子式的痛心和焦虑，全都那样看着刘合欢，似
乎起死回生的重任就那样托给了他。他们见刘合欢那样拍了
两记小回子的肩，说了一句"都说好了"，便一齐瘫软木讷
地又站了一会儿，直到刘司务长敦实的背影消失在那间小客
房门内，才慢慢走回宿舍。这一夜，熄灯号未响，每个窗都
早早沉入了黑暗。兵们相约在早晨五点起床，送小潘儿上路。
是上一条凶多吉少，很可能一去不归的路。他们知道刘司务
长毕竟是有办法的人，买通了一个伐木场的司机，将小潘儿
载往云南，那儿也安排了接应，一程一程地，直到将她送出
边境。兵们想，凭什么让这么可爱又受尽凌辱的女子伏法？
他们当然是站在公正和良知一边，而法律不一定同时有这两
样东西。他们默然祝愿这美丽不幸的女子远走高飞。他们带
着极深的祝愿进入了极浅的睡眠。

刘合欢替小潘儿打点了行李，行李比来时多了五倍：一大包军用罐头和压缩饼干，棉衣、大衣、棉被，他把各种各样的天险人险都替她想到了。他和她不再有话讲，诀别早已开始，此刻已近尾声，任何话头都不敢去扯，扯开了会无法收拢。凌晨一点，一切都打点妥了，刘合欢起身告辞，说明天以后就是漫漫长路，还是再安安稳稳睡几个小时吧。她送他到门口，他转身对她苦涩地笑一笑，她满眼是泪，就是不掉。他说："明早见。"她点点头。他又说："卡车五点半到，一到就出发。"她又点点头。他还说："可能都会起来送你，他们全装着不知道，你也就当它是正常送别。"她再点点头。

清晨四点，一辆吉普机敏地驶进站，停在篮球场上。小回子被金鉴唤醒。他做梦地看着金鉴的眼睛在黑暗中威严而冷酷。他说：派你去送她一下。"他一下明白站长要他去送谁。站长背叛了刘合欢，也背叛了他小回子。站长辜负了二十来个疼爱祖护她的兵。他一边磨磨蹭蹭地穿衣服，一边迅速地想，怎样通知刘司务长。只有刘司务长有可能扳回局面，他突然仇恨金鉴，这个书生长官竟这么阴毒！金鉴看着电子表，厉声道："怎么回事？！现在是军事行动！"他想，完了，完了，什么奇迹也不会发生了。

等小回子随金鉴走到吉普旁边，见两个全副武装的士兵一边一个捉住小潘儿的胳膊，正穿过停车场，朝篮球场走来。她谁也不看，眼神无力地走在她面前一尺远的地方。小回子看见她两手已铐在一副小巧的手铐里。车开出兵站大门，两个警卫班的兵束手无策地呆望着，连持枪礼都忘了行。开出大门一百多米时，小回子从后窗看见一个人影冲出来，身上只穿件白色背心。他认出那是刘合欢。

刘合欢当然不会真像电视剧里的人物那样在囚车后面穷追不舍，直追到奄奄一息。他猛地杀住脚。那是双赤脚。吉普在他视野里小得成了只爬虫时，他突然转身，飞快地追上正往自己寝室走去的金鉴，一拳挥过去。金鉴耳朵聋了一瞬，尚待反应，又一拳从正面过来了。这时他看见了只穿着短裤背心、赤手空拳的刘合欢。他鼻子一胀，知道血开了闸一样奔流而出。"你这个伪君子！你记着，金鉴！是你送她去死的！"金鉴想辩白，是她从拒绝受教育，因而变得愚昧、虚荣、轻信，是她的无知送她去任人宰割，送她去被人害，最终害人，最终送她去死的。但他这时不能与这被色欲弄得发了狂的男人理论，这男人决不会像他金鉴，为所有孩子自动或被动的失学而痛心。他不能指望刘合欢这样自己也蔑视教育，自己也愚昧无知的人同意他的见解。这时他听刘合欢透过牛喘和抽泣问他:"是你自己的姐妹呢?如果她们受了人欺骗、拐卖,受了糟蹋,成了牺牲品,你他妈的也这么对待她们?!"金鉴看看四周渐渐围上来的兵们,他们像围猎一头受伤的狼那样慢慢合拢包围圈。他掏出手帕,擦去面孔上的血,说:"放心,我不会有这样的姐妹;我要有姐姐或妹妹,饿死也会要上学的。"

要下雪前,天总是暖得可疑。金鉴升任大站副站长的希望第二次破灭。他一人到松林里散步、散心,背着半自动步枪,明知不想击毙什么,只想听几声炸响。

刘合欢半个月前休假回乡了,据说是去相亲。他从小潘儿走后没搭理过金鉴。

据说小潘儿的死刑是一星期前判下来的,枪决是在接下去的那个黎明执行的。

他见松林下坐着个人,小回子。小回子总在晚饭后到林子里来写点儿什么,画点儿什么。他看见一只摊开的水彩盒。夕阳把林子深处那块永远不化的残雪照得发红,镶在深墨绿的林间,十足是人画的。浅粉色的残雪上有一行足迹,每一步鞋跟都在雪面上捅了个深深的小窟窿。是小潘儿初夏时留下的足迹,那活泼和婀娜,竟化石一样存留了下来。

小回子回头向他一笑，似乎那双稚气多情的眼里有泪。但谁知道，也许自己眼里也有泪。

第二辑

卜·由再

清冷一个早上，老萧被妻子差出门办年货。自行车各个关节都在响，一村子人全听到，之后着想：还是老萧阔，出趟门"喊里咔嚓"一路响得气魄。路上的坑洼是雨季被牲口蹄子踏出来的，老萧的车轮只好在这路上走弹子跳棋。久了，车便与路拌嘴一样，上路就响得吵人。

老萧是个作家，全村人都知道。但没人知道作家是做什么的。问过，做"反革命"被贬到这麻雀都不搭巢的地方来之前，你老萧挣谁的钱？他答：作家协会管饭。简称就是"作协"。人咬着问：做什么鞋？老萧笑，心里却委屈着什么。

雪残了，烂絮一样这处那处地摊着。天不清爽，没云也没太阳。老萧烦这片又浑又脏的天，路边的死草全黑了。树全精瘦，这里的土地把它们也饿着。

进了集，头家是个馄饨铺，老萧想买一碗烫烫冷的腑脏，转念又愧作了。他工资被停发后，全家每人每月十二元生活费。他饭量大，抽烟，夜里读啊写地熬灯油，已经开销掉全家收入的一半还多。离开馄饨铺他安慰自己：这种东西还有个吃头吗？中间那点肉馅像用挖耳勺填进去的。难怪这里人把"吃馄饨"叫成"喝馄饨"。

集上只有几个卖狗肉的。几条瘦狗腿朝天蹬着，肉冻黑了。问问价，老萧走开了。常纳闷这地方怎么会有这么多狗，会养得活这么多狗？人都没得吃，哪里屙得出什么去供狗吃？狗全是一副狼相，腰贼细，少听它们吠。有回一家死了个奶娃娃，傍黑裹了小尸首到坟场去，草草刨完坑，见身后来了一大群狗。一大群狗全闷声不响地坐着，卧着，亮着眼。

老萧回到家，妻子堵他在院里，说有人等他回来帮忙写对联。老萧懂她意思：在这地方吃点儿好东西得瞒人。"买着肉了吗？"她低了嗓子问。

"看看去啊！"老萧下巴指向自行车后一只麻包，只拿眼觑她。妻子凑近，见里面一团东西正运动。她一下子半张开嘴，转脸向老萧。

"不怕的，头扎住了。"老萧笑道。见她仍后缩着身，保持一个逃也来得及的姿势，他又说："这是天下第一肉！"说完龇牙笑了。有的吃，老萧就这么个笑法。

妻子再看看，那东西团团圆圆。"到底是什么呀？我们可不跟着你吃怪物！"她脾气有了八成。

老萧从自行车后架上拎下麻包，然后对妻子掐着板眼说：

"八斤一只鳖！"

妻子还要有话，两个候在屋里的村邻迎出来。老萧两笔字写得不坏，但他怕透写对联。不论城里革掉多少东西的命，作田人却仍坚持要喜、要福、要发财。他们要什么不碍事，手迹却是他老萧的。一旦有人告发：这个萧某某被发配到穷山恶水仍不干好事，写这种封建思想糟粕，他日子就更难活了。于是他写"四海翻腾云水怒，五洲震荡风雷激"、"雄关漫道真如铁，而今迈步从头越"。村人期期艾艾请教：连根发财的毫毛也不见啊？他恐吓地粗起喉咙："哎，这是毛泽东诗词。"写多了，开始忘形："白日放歌须纵酒，青春作伴好还乡"、"采菊东篱下，悠然见南山"。问他："都是毛泽东的？"他支吾。

直写到晚上十点，人仍是不断地来。他十四岁的儿子和九岁多的女儿开始朝上门求对联的人白眼，他们已饿得没了斯文。老萧家刚来那阵儿，不少村邻恭维般问：昨晚又吃好的啦？老萧一瞪眼，不懂，人便拿嘴模拟菜下油锅："嗞——啦！"老萧隔壁是牲口院，晚饭时人把牲口牵回，恰听见了这声"嗞啦"。在这村里放枪也不会比这声"嗞啦"更炸耳。村里人只用筷头蘸油，数着数滴进煮熟的菜也好，红薯也好，榆钱、柳芽也好，总之是"嗞啦"不起的。尽管老萧落魄，还不至于从油里省钱，因此老萧理亏似的，把晚饭改到天黑之后。

快半夜时，来求老萧写对联的人稀落了。老萧提了把板斧开始围着那巨大的一只甲鱼打转，妻子、孩子鼓励又恐惧地看他转。他边转边谋划：这样大个家伙该分三下里烧，中间腔膛里填上八宝清蒸；四肢头颈可以炖个汤，裙边要精致些烧，来个酿的。妻子扫他兴：锣齐鼓不齐，砍了大块一锅烩了事。

儿子想帮他，花一个钟头，也把这只寿星老甲鱼逗露了头。起初拿枝筷子引它咬，但眨眼它便顺住咬折的筷子缩回甲里去了。二次用只铁勺柄，它却无论如何不睬。最后用截干玉米棒温存地捅、戳、诱，它才慢慢露头。那头一露，女儿"哇"地凄号一声跑了。那是副又阴险又悲哀的头脸，高高扬起时，颈上叠起极密的皱纹。斧落下时，以脚踏住它脊梁的儿子被它掀翻倒，重重仰摔在地上。老萧妻子正在院里备柴草，这时探半只身进来："什么事这样闹？！"

屋里三人瞪着她，全恐怖在那里。

妻子看看那一碗黑绿的东西正冒血，血厚厚凸在泥土扎实的地面上，竟渗不下去。血开始流，流到人脚边，通不过，拐弯向另一人流去。血有着报复和控诉的动机，沉着地动，起着泡沫，一丝热气从血里冒起。

又来了一帮村邻。老萧这才振作起来："好好烧它！烂烂地炖！"他恶狠狠指着它。

大家伙被控净血后放进一只大盆，之后浇上热水，老萧妻子窘着头皮去触碰它。她伤着脑筋：能入锅的似乎并不多。裙边生满寄生虫，不得不扔。四肢也吃不得，厚硬得像箍了甲胄。只剩一只大壳，她横洗竖洗，才敢放它进锅。

老萧提着笔伸头进厨房，耳语一样呵斥："切生姜不能轻点儿吗？"

妻子耳语一样抢白："已经像做贼了！"

两个孩子问："还不烧？还不烧？"

妻子又哄又吓："年夜饭，年夜饭，夜里吃才叫年夜饭！现在饿？好哇，堂屋那么多人我请他们都来吃，吃光算数，你们活该没的吃！"

半夜一点，一村人都来过，又走了。老萧搁下短掉多半的墨，快活着进了厨房。"咳，吃年夜饭喽！"

两个孩子从火边抬起脸，焦急和兴奋已使他们目光发直。"还在烧。"妻子答道："这只老哥家伙要熬尽咱家一冬的柴！"

掀锅盖看看，浮着葱、姜、蒜的沸汤下面，那东西在锅底俨然不动，色未变，形也未变，老萧劝两个孩子先去睡，到时叫他们起。两个孩子不肯，眼期盼得更直。算算，他们有一年未见过荤了。又过一小时，一股厚厚实实的荤腥气捂上了人脸。老萧纳闷：他跟它不那么久违，怎么从来未闻过这么要人命的香味呢？再看看，汤仍不浑，却微微发蓝。"就要好了！"老萧宣布："你们摆桌子！这年夜饭还得了！吃过这顿饭是驼子卧轨——死也直（值）了！"

天灰灰亮时，荤腥已折磨得一家四口坐卧不宁。老萧妻子以筷子伸进锅试试，抬起脸笑了。老萧想，在这只锅面前，他竟有个笑得如此妩媚的妻子。当一只盛着全部汤和体骸的大盆被端上桌时，人被这气味弄得有些晕眩了。似乎全副身心，全副思绪，全副欲念都被这气味充塞了。它太浓太醇，逼人太甚，因此人近乎要窒息在它之中。

一切就绪，人正要朝桌中央的盆下手，院里传来闷闷的热闹。老萧站起身，掀窗帘一看，立刻木在那里。妻子、孩子连问什么事这样惊吓他，他没话。全都挤到窗前，于是全没了话。一院子满是狗，满是饿走样的狗。它们一律微仰着脸，憧憬、膜拜般朝向这气味的来源。蓝的晨光中，它们闷声不响地坐着，卧着，亮着眼。

第五章 自然崇拜与人生

花蕊夫人

　　才上山时天小晴，三四个弯一转，雾跟稠奶一样。到山顶时天白了，我们的司机常年颠在川藏线上，停下车，他也转颈子看，也说天哪能这样白。女兵都扭着腿跑，一路上没茅房，都说要炸了。跑出里把路，四五个人脱下皮大衣，背靠背站开，两手将大衣撑着，大家轮换，在当中空地上方便。想起藏族女人的大袍子，一蹲一站，挺优美地就解决了。

　　跑回去，男兵已等烦了，吼我们："跑那么远找抽水马桶呀？！"

　　车再起动时，一个女人出现在弯子上。"搭个车嘛。"她说。许多藏民不会汉语，但这句都会。她脸不看我们，身子左扭右扭，样子又撒娇又耍赖。一车人都叫停，最后还有人壮了胆说："这女藏民挺漂亮。"

　　沿路常见房子前有女人打青稞，打酥油，热了，将袍子全褪下来，胸上两块没形状的东西急着要帮忙一样动。看多了，忘了她们是女人。这女人很不同的。她着件墨绿单袍，不脏成这样大概是翠绿，肩非常薄、削，颈子、下颚都是薄、削。等人走近，她下巴翘起，两手向前探。又有人道破：她是瞎子。

我们帮她上车。她和一扁桶苹果都被搁在角落。她看看里，看看外，我们一车人都被她看成了风景。她看上去有二十六七，所以我们知道她实际上只有十六七，女藏人样子准老她年龄十岁。

到雅江兵站她自己走了。

雅江兵站有两大眼温泉，一说能洗澡，男女兵都"喔"起来。进藏脏得人都觉得重。有的兵说他们在西藏服役几年，脏得一身肥死了，若落颗青稞进肚脐，一定出了芽。温泉被兵站拿墙围起，又掘了深深两个池子，抹了水泥。有军区司令之类的人进藏，兵站就拿两池温泉进贡。演出队也受同样厚待。

进浴室见一个光背男子在池子里。男人莽大，下巴快拖到胸口。进来一帮女兵，他慌得将两只高挽的裤腿向下抹，然后裤管就那么拖在水里。他是被派来清除池子上的硫黄渍子的。渍子已叠生重生，色也有致无致地纠纷，出来景泰蓝、唐三彩了。

我们问草坝子上藏民聚着做什么。他一惊，先看看四周，后确信我们问的是他。

"沐……浴节。"他讲甘肃话,脸孔黑得发青。藏民的黑,却发紫。他牙根是茶色而牙花粉红。他套上池边破得已不成形的军衣,把澡池让给我们了。洗了澡出来是正午,气温高了十多度。谁小声叫:"要死喽!……"望过去,见澡房后面一大团蒸气,再就是成堆黑紫的男人、女人身体。淌出澡房的水被一只临时掘出的大土坑盛住,水已发稠,面上漂着我们一上午洗下来的垢,像陈奶上一层薄脂。人满满插了一池子,男女无别。兵站把温泉变成男女澡堂之前,泉是他们的。那时他们泡洗得宽裕,也不洗别人的剩水。

"还不走哇?!"有人突然想到。

我们又惊恐又快乐地正要逃,看见那美丽的女瞎子远远站着。她一只袍袖褪掉,胸掩得很好,不露什么,却什么都让人会意得到。半扇翘在袍外的肩真的薄极了,削极了。她一种向往的样子,朝池子"看"。一条围裙铺在地上,上面摆满红的小苹果。她手里拿一个,舌头往上舔一圈,再拿袍襟摩挲。那些苹果就这么亮起来的。

到晚上布置舞台,男女兵还在偷笑:眼睛都偷占了便宜。兵站有纪律,沐浴节几天谁也不准往温泉去;那场面,谁看谁负责。藏民自己胡闹自己的,军人边上站站,他们就不干了。兵站与藏民一直处得不省力。

化妆前洗脸，甘肃人挑了五六挑热水搁在那里。他蹲下卷烟，一个兵走过来朝他屁股上踢一脚，他没反应。几个兵走过去，将他头上旧塌了檐儿的军帽拉拉歪，半个脸都罩进帽子，他仍抽烟。最后过来一个执勤排长，戴红袖箍，唤小畜一样对他勾勾食指，他一下站起来，腰略哈，坠着两只大手的长臂耷拉在身子两边。"唉，又在这儿看什么？"排长说着瞅瞅一群正往脸上抹颜色的女兵，"以前还没看够啊？！"都不懂排长的话。"还不快去挑水！"

他哼哼一声，脸上除净了表情。我们全说水太够了。排长堆笑对我们说："省着它干啥？叫他去！"

他将扁担搁在隆起大驼的肩背上，天晃地晃地走去。排长冲他背影叹息地轻哼："个狗日的！"

"怎么有这么老的兵？"我们中有人问。"谁是兵？他是兵？……"排长指指已走远的他。我们从排长嘴里把他的故事听来了。他是西藏平叛时的兵。那时两眼温泉敞开，到时节藏人男女结集在这里嬉水。甘肃人有天入了瘾一样站在边上看，被藏民扭住了，说要打死。兵站讨回他，当年冬天就处理他复员回甘肃。第二年，他却又回来了，人只有一大架子骨头。他家乡饿死许多人，一个家死得就剩他。兵站再也撵他不走。他拾人穿碎的衣服穿，捞伙房各只锅的渣吃，干人人不干的活儿。

下一天我们去雅江城逛稀罕，路上见到盲女子和甘肃人。甘肃人背着那只扁桶，里面小红苹果还盛得那样满。空了手的盲女子扯住他破军衣后摆，他步子大，她步子小，怎样也扯不匀。他俩不讲话，他俩的话是一答一对出声的笑，那种完全痴傻的笑。盲女子满头是花，插得那么密，穆桂英的冠似的。甘肃人胸前荡着一只花球。高原野花都是矮茎，采下来难集成花簇，只能成花球。

一天晚上结束演出，我们约好去洗温泉。马上要离开雅江，下个澡到哪儿洗是没数的。去温泉的路上，我们贼一样轻，怕领导阻止。领导教育我们不要歧视藏民，也教育说："藏人会把女兵装进牛皮口袋，背到山沟，让她养出小女兵来。"

温泉地方是个盆地，人上小坡之前看不见它。一上坡顶，它会一下子到鼻子根。快半夜了，夕阳还未消尽，小半个天就有了些烂乎乎的金和红。白天大阵的乌鸦不知去了哪里。白天凶神恶煞的快乐藏民不知去了哪里。

我们中有人悄声抒情："天好像人民南路！"她被大家笑斥："把什么好看东西都讲成人民南路；你就晓得人

民南路！"

她说："我们四川小县分人啊！我晓得人民南路，那个甘肃大怪可晓得？"

人马上和她："他大得我恶心！"

"兵站人说，有次运来广柑，他连皮啃，苦惨了。没人告诉他削广柑皮，都背着他削。后来回回分给他广柑，他都让给别人吃。"

没下完坡我们不动了。好在谁都没叫。一般我们中总有个把人在这类场合没出息地尖叫。天发暖地亮。

盲女子站在盛接温泉的坑里，慢慢用双手往身上撩水。她不知道水多浑多脏。一头花丢掉不少，乱七八糟剩一些在不合宜的地方。她胯部也薄、削，水至她大腿根。她屈一回腿，掬一捧水浇在自己身上。这个绝对重复的单调动作使人感到她不在动，她完全是静的、呆的。假如仅仅由她一人构成这场景，谁理它。人诧的是他。他那样一大个儿，蹲着，也可能跪着。还那样耷拉着巨大的下巴。一动不动，这个绝对僵滞的人形使人感到的是动，那看不见的动才使他的静那么变形。

我们中没人报告这事。都带着疙疙瘩瘩的感觉睡了。近早晨那段，兵站闹得厉害。说是有逮人。逮他。

　　演出队也开始帮着逮。藏人早对甘肃人与盲女子的接近留心，昨夜全出动了。他当然往兵站跑。兵站不准他躲，怕藏人把兵站踩平了。他跑了。藏人被放进来搜看，兵站也帮他们搜。为使藏人明白他不属于兵站。往小树林搜，惊起一世界乌鸦，淡色的天一下变得麻麻的。他被逮着时两腿被藏民的枪伤了，破军裤红透，粗大的两条腿已让血淌软。

　　一个藏民和一个兵架着他过来。他并不太害怕，一切都好像还没懂。我们惊慌地发现这地方原来有这么多藏人，像一下子长出来的。人永远不懂这地方的各种潜伏。天热极了，乌鸦呐喊着一蓬一蓬冲上天。

　　甘肃人被堆在兵站院子里。人群里，美丽的盲女子也把脸朝向地中央淌血的那堆身躯。红苹果还在她身上，红得过了饱和。

　　军民双方达成协议，将他绑上，送军分区。没人架得动他。车在旁边发动得已烦了。他仰起脸，为自己的笨大着急和惭愧。塞他上车，他呻吟几声"渴"，人都装没听见。

　　演出队再上路，整个人、车都疲疲沓沓。兵站也阴阴的，怨着什么，为着什么灰着心。

　　翻山时，下雪了。六月下雪在这里没人感叹。弯子上，又现出她。车慢了,司机等我们拿主意。我们沉默得像一车货。

她追上来几步,车却从她肩旁猛一抽身。扑空的盲女子跌倒了,红苹果全翻在雪地上,红得污了,像雪地溃烂了一片。

第四章

　　韩淼面孔上一共有三种气色：灰、白、淡青。于是也
就有了三个相衬的表情：不动容的五官平铺在那儿，眼皮松
弛到极限，目光有点儿瘫痪。这个表情在她二十四岁时被他
看成稀有的宁静（我知道他想用的形容是"圣母式的"）。这
时她四十二岁，佩戴这表情和灰灰的清晨脸色，是令他敬畏
的。韩淼上班前的脸色转亮，他知道那是她涂了底色。这样
就开始了她很正式的法律公司职员的一天：眼睛、眉毛、嘴
角，都用着一股力，微笑也带着一股力。他到她的公司办公
室去过一回，见她清亮的白脸蛋儿上肌肉饱胀着，语言、笑
容，与同事的一两句调侃，都在她白色光润的皮肤下被那股
力很好地把握住。她倒一点儿不冷落他，忙进忙出不时总会
给他偷情似的一笑。只是眼珠子的笑，很霎然的，一个妩媚
划过去（只有一次，我在一个 Party 上，看见韩淼对老杨这
样迅捷地妩媚过）。但他在她办公室就只敢坐在指给他的那
张椅子上，坐得四方四正，心里并不为有这样练达、强干的
妻子得意。以后再怎么也不去她的公司了。尽管韩淼那次回

来带种怂恿的意思告诉他,公司里两个女实习生说他"可爱"。她是故作怂恿的,知道也不会把他怂恿得怎样,乐得大方一回。他在半夜十二点半下班回到家时,韩淼是洗得过分干净而有种微微发青的肤色。她总是靠在床头看书,发青的脸上,所有对他的不满、怜悯、嫌弃、疼爱都泛上来。她面孔这时真不好看,所有的好看都失了踪。他一般到卧室点个卯就去厕所。小便、刷牙、洗澡,看看韩淼看剩的报。她一般在他进卧室报到时就身子往下一沉,沉进被子里,同时一手熄床头灯,表示她等待他,为他熬夜,情分尽到了。有时她会在被子里对厕所说:"杨志斌,给你留了饭在冰箱里。"

他们一直跟大学里那样连名带姓地称呼对方。有时他想,到老了他俩还会跟大学同学似的。这样反而浪漫,一生一世地做同学。

"杨志斌,这么晚了,烟就不要抽了嘛!"韩淼在床上叫,声音跟办公室里很不同,既无助又权威。对抽烟的恶感,是韩淼和美国女人学来的文明。

他赔礼地说:"就抽一根!上班六个钟头不能抽⋯⋯"

他在一个办公大楼上班,穿件紫红制服,手里拿个报话器。旋转玻璃门边置张桌子,下班时间过后,进楼的人必须在桌上摊的簿子上签名和记下进出的时间。有什么事报话器是通警察的。上班快一年了，杨志斌不知"有什么事"会是什么事。进楼的人像看不见他一样直接到簿子前签名。有不知规矩的，他只需小叫一声："Excuseme！……"那人便拐回来，还是跟没他这个人似的，直冲那桌子和簿子去，唰唰画上名字。即使他谦卑的手指点出他签错的位置，还是不能使他的存在获得承认。那人抱歉地笑笑，纠正自己，嘴里客套两句。抱歉和客套也不是具体的，有针对的，总之他是在人们大而无当的无知觉里尽职。

韩淼又叫两声"杨志斌"。他有了一点儿讨厌的心情，却不完全是讨厌妻子。他走到阳台上。阳台很小，像国内所有人家一样，这阳台是狭小空间的一个挣扎。在美国，他们的居处没那么挣扎的，不过是舍不得阳台冤枉地空在那儿。这里的中国人家都不习惯在空间运用上太挥霍，有车库的人家车库常是盛剩余物资的，车却泊在公用地盘上。实在盛不下，就举办个"GarageSale"，或是"YardSale"。一间车库的东西全倾倒出来，开肠破肚般的，花花绿绿的杂碎铺出偌大一摊：改朝换代的家具、衣服，成年的孩子们曾经的玩具，骑过的自行车，主妇们图便宜买回却不想活受罪去穿的各色高跟鞋。杨志斌逛这类旧物摊子是享受的。他有次买回四张塑料餐椅，椅子腿一条不残，一共才花了四块钱。韩淼听了价钱，快乐的人都轻盈了，利落地把它们擦洗一新。现在这些椅子一只摆一只，摆在阳台角落，上面还放一只装满旧书的纸箱。紧挨那一对仿青铜的天使，也是从某家的"车房拍卖"买的。其余是一些旧厨具、餐具，两个台灯，一对蜡盏，还有一幅镶在镜框里的佛像浮雕。零零碎碎的是些瓷花瓶、水晶摆设、几打音乐磁带和两把吉他。一只没有梳妆台的梳妆凳，粉红夹银花纹的缎面，温柔得不够正派。大部分东西是直接从别家车库搬进这阳台的。没多少花费就把阳台堆个半满，韩漱和杨志斌对这点很知足。至于每添件东西就多一层尘垢的积攒，就少了几度活动半径，他们不以为然。他们还尚待发现最时髦的富有是空空荡荡。就像那次在迪妮斯家看到的那气魄很大的空荡，四千尺的屋几乎什么也没有，墙都空出来挂画，地板冷傲闪光，托着无比精细的一块绿地毯，很遥远的，摆了些沙发、椅子。一行楼梯旋上去，旋入一个炮台似的小格局。（我听迪妮斯说，人睡在那上面。）韩漱和杨志斌为如此荒诞的空间运用几番交流眼色。从迪妮斯的 Party 回来，韩漱对杨志斌说："摆两个篮球架，迪妮斯家可以赛球。"杨志斌直是感叹地摇头，不屑评说地苦笑。他们去过现代美术馆，几幅画是大大小小几张帆布，上面涂了白颜料，画框却是煞有介事，一点儿不偷工减料。那时杨志斌刚进入"伴读"角色，到美国不满一礼拜，韩淼告诉他，画这些空白的艺术家很有名，这个画派也有说法，叫"Minimalism"，就是表达的无限缩减，简化成零，相反零又是无限的表达。韩淼在跟他讲解时，她自己也是没半点儿心服的。她和他的认识最后统一了，认为那类画家在拿全人类开玩笑。（韩淼告诉我，迪妮斯的房就让他们想起那派被称为"画"的空白来。）

烟抽到一半，杨志斌想起阳台也不是抽烟的地方。楼上一家人打过两次电话来，请他不要在阳台上吸烟。烟冒到上面去，把三个孩子、两个大人给祸害了。电话是和气的，第二次比第一次还和气。女主人他是见过的，见了便笑，牙齿全笑在脸外面。三十八九岁，牙上还箍着金属矫正器。跟她女儿一样，未来会有个矫正过的标准笑容。

杨志斌掐掉烟，很不舍得外面凉而辣的空气，慢吞吞拉开门。忽听见楼上也在开门、关门。楼上人家不知谁又给他无辜地祸害一次。说不定女主人专到阳台上等着捉拿他这股烟味的。脚步在他头顶吱吱地走走停停。听也听得出，那是拥挤热闹的一个家庭，也是不荒废任何一寸领土而放满新旧家具和摆设。也跟他两口子一样，在憋足劲儿存钱，存够了去买个带车库、带小院的宅子来，好有更大空间去填塞（迪

妮斯那样阔绰的空间的确有些不成话，我们中国人觉得住在
塞满家什的地方比较安全）。

　　每天早上，杨志斌在韩淼忙乱梳洗时一动不动地醒着。
她总是免不了搞出颇大响动：冰箱门是甩上的，杯子底也必
得砸一下桌面，所有化妆品被拿起、被搁下也是非得在假大
理石的盥洗台上磕出声响。每一样响动都让他躺得更静止，
呼吸也夹紧。韩淼吃完早餐进卧室来换衣服，动作也是响的。
卧室里淤积了一夜他俩的气味，此时已成厚厚沉淀，被她的
动作搅起一股股风。不仅仅是妻子一个人在响，她只是整个
主流社会响动的一个细节。主流社会的每一分子都在同时间，
不同空间做着完全统一的一套集体动作。这套动作是程序化
的、机械的，因而是极为靠得住的。主流社会成员们在各自
小格局里弄出响动其实是遥相呼应的，是被一根无形指挥棒
指挥着。因此韩淼响动得理直气壮，她拉抽水马桶的那种果
断，带点儿发泄意味，其实是巨大集体音响的一个细小和声。
她是有道理发作的：一个家庭的经济主力完全有道理"唰啦"
一下，一拳捅进外套的袖管，将两腿踹进裤腿，两脚蹬入皮
鞋，弄出皮肉与其他无机物的摩擦、碰击之声，都是有道理
的。尽管她主观上一点儿没有发作的意思。韩淼最后看一眼
床上的丈夫，目光温存，躺得再死他都觉得出它的软和、温

存，如同母兽出猎前对犊子的一个温情回眸。之所以有如此
目光，也在于韩深对自己不幸有如此的动物母性而无奈。因
而她一早上的摔摔打打，那与庞大社会主流里应外合的种种
响动，以这一温存回顾而收了场。她心疼他：他一表人才，
正当年盛，曾在社会中、在事业中、在女人中处处找得到位
置，此刻却在这个社会声势浩大地进入驱动程序的早晨，蜷
睡在局外。他浓黑油腻的头发之下，那曾经标致的脸容，过
多睡眠形成的永久性睡眠不足，是韩深看不得的。多看她心
里会生出一种莫名的愤怒。不光是对杨志斌愤怒，好像有一
大堆东西，比如时运、环境，宿命的暗中摆布，包括她韩深
自己，都要对眼下这个令人既嫌恶又怜惜的杨志斌负责。这
个胆怯得连在人前说英文的胆量都没有的杨志斌。韩深在他
绝望地支吾英语时，偶尔心里会有另一个杨志斌：弹吉他、
唱歌，歌是英文或西班牙文，他并不懂词儿，却给他唱得很
漂亮。杨志斌学过六个半月西班牙语，就够他拿来玩了。在
他那儿什么都是好玩的，弹几下钢琴、吉他，写两首没韵亦
没标点的诗，球无论是踢的是打的，他都在行。所有的东西
他一玩就会，会了就成功。杨志斌和韩深在大学认识的时候，
他身边一圈女同学，他的容貌和才能其次，首先倾倒她们的
是他的好玩。

妻子高跟鞋叩地板的声音沉杳之后，杨志斌会好好睡一觉。妻子化了严峻的妆，穿着带垫肩的衣服坐在读《华尔街报》股票章的人群里。地铁载了满满一车皮如韩淼这样的律师助手，公司大大小小的经理、秘书，推销部门具有进攻性、征服性的男男女女，银行老老少少的出纳。杨志斌感到妻子以及同类过的是专业生活，而自己却过着业余生活。他什么专业也没有，在专业人员过专业生活时给余了下来，睡觉。他不知该和谁归为一类，大概是十点以后把孩子们推到马路上的女人们。对于她们，他都只能旁观。一天他看见一个女人从马路对面的旧货店出来，推的婴儿车里装满旧衣旧鞋，婴儿被这堆旧物挤到车子最前面，两条腿挂在外面。他想这女人一定是个用人。他马上为自己犀利的洞察得意，紧接着他为自己有了如此的窥视癖好而恐惧。

杨志斌趿着鞋，走到厨房，想收拾老婆早餐后留下的一个盘子和一个杯子，还有桌面上一层烤面包渣。还是算了，这时忙给谁看。家务常是积存起来，在韩淼眼皮下做，这样不显得他那么游手好闲。转而又想，一个大男人要把家务做给老婆看，以证明自己并非无用，他心里出现个要哭出来的笑意。他拧开煤气灶点了根烟。这时楼上那家的女人正从窗下走过，忽然斜扬起眼睛对他笑笑，说了声："Hi！"紧跟着出来了她的女儿。小姑娘有些肥胖，有着婴儿般无意识嘟起的多肉嘴唇，眼神也未跟上她的成长，与她早熟的身体差距很大，因此她看上去是个误制成妇人的巨大娃娃。母亲和女儿穿得一样没老没少，都是短裙子、短线衫，不当心都会露出肚脐眼。

（我见到这对母女是出事之后，母亲因痛哭无度而鼻青脸肿，女儿正在粉刺的恶性感染阶段，并且两人脸上的妆都给涕泪弄得泥泞了，我无法识辨她们美或丑的程度。）

杨志斌上午十一点钟的这顿饭是早午饭，就着电视节目吃的。他是有什么看什么，有什么吃什么。正吃，听人叩门，再听听，是叩他的门。门开了，楼上那三十八九岁的母亲站在那儿，问他肯不肯帮忙把个床垫抬上来。她的微笑由于牙齿上的金属矫正器而闪烁不定，身体拧向楼梯，只把面孔正正地朝他。她的姿态是半个撤离，半个期待。他没多想就跟她去了。他和女人搬床垫时，女儿不声响跟在后面。近了，杨志斌发现小姑娘是混血，那父亲的一半，显然是弱势。母亲说自己叫波拉，女儿叫阿曼达。他顶着几乎全部倾到他这端的分量，说他姓杨。女人倒退的步子踏空一个台阶，借题就笑起来，牙齿的金属矫正器不给那笑任何束缚。他视野边缘的阿曼达很看透她妈那样盯了波拉一眼。波拉笑到尾声时说："这种活儿我都是自己干，今天是第一次找到帮手。"
这个来自东南亚的形状不错的矮胖女子在他眼里渐渐变得美
丽，这使他非常意外。

杨志斌对女人表示，床垫由他一人搬会省事，两人配合
不好反而拉扯得很累，他左手越过头顶去抓床垫的边沿，右
手向下尽量拉长，钩住另一个边沿，如柱子撑起半爿倾斜的
屋顶。他的高大与矫健突然就出来了。女人过火地表示惊叹，
表示折服。她火一团地不离他前后左右，一会儿一个"当心"，
一会儿一个"留神脚下"。

到了她家门口，女人却不让他卸，让他接着往高处走。
他并不反对将这顶天立地的造型再持续一阵儿，便向四楼攀
去，骡子似的不打听意图。他来美国做妻子的伴读快两年，
从未在人眼中如此有用过。女人驱着他一层更一层地登高，
阿曼达仍哑着半启的嘴唇相跟，一直到了楼顶平台。平台上
有个小储藏室，对于他又是个意外。女人说房东只给她一个
人用这储藏室。她说话时眼珠润滑，要让他明白，给她恩惠
的可不止他一人。她顾不上自己前后的话已出了矛盾，几分
钟前她还表示她是怎样哀婉无助的一个女子。

储藏室和他家的阳台一样，塞的都是从车库拍卖来的用
物和摆设，别人生活的残渣。杨志斌明白这张床垫不会超过

十元钱，也可能是夜里从某家门口白拾的。女人问是否耽误了他的要紧事，他说白天不大有什么事的，除了一周三个下午去移民学校补习英文。她没听懂，请他"宽恕"，再说一遍。他那点儿英文语法马上瓦解，支吾得更可怕，讲到一半就放弃了。杨志斌回回遇到这情形就这样求饶地笑笑，随后便灰心得很，一句话也不想说。几次参加韩森的Party都这样，三五句说下来，他感到别人必须屈就地伺候着他讲英语，他要让谁听懂就得累死谁。于是他连忙投降，挫伤的灰溜溜的感觉马上飞涨上去。

当天傍晚，杨志斌逆着下班的主流社会去上班，太阳正和他的视线平齐。无缘无故地，他感到有件好事情发生在这个白天里，但并不对自己坦白究竟什么改善了这个寻常的一天。绝不止楼上女人给他的那些笑。对波拉那些笑他是能识破的，女人最便当的能源利用。韩森生来没这类能源，因此她得吃许多苦头去读书，一分艰辛都节约不下。他坐在办公楼大厅里，一直在弄懂自己在为什么秘密而快乐。

九点钟所有办公室空了，就连男女间本分之外的交往也结束了，或公开或避讳地成双或成单地向他有口无心地道"拜拜"，目中无他仅是手朝他的方向搔几搔。然后收垃圾的老头儿推一辆卡车拖斗般的垃圾车进来，两脚水般深深浅浅地踏过平滑的大理石地面。他们极少交谈，却有种极好的相处。老头儿有八十岁了（我见过这个叫阿里的老清洁工，基本是一部淫秽粗鄙词汇的活字典）。三十年前他在垃圾里发现一包现款，有两千，老头儿当下就把钱交还了。以后的三十年里，这幢十二层高的办公楼的朝朝代代都拿老头儿做圣贤人物。他再老再贪杯，做事说话再邋遢，也不炒他鱿鱼。老头儿的酒气够一个大厅盛的。有人说老头儿的拾金不昧是醉酒所致。

杨志斌总是替老头儿打开侧门。老头儿酒意正发作到好时候，满心都是音乐，口哨吹得如同短笛。吹的是一支东欧波尔卡。老头儿打听过杨志斌流落美国的缘由。杨志斌告诉老头儿自己是博士妻子的伴读，有个没得挑的知识分子妻子。可老头儿对他的来历和他成就辉煌的妻子忘得很干净，隔一阵儿再问："你见鬼的跑到这个夯蛋国家来干什么？"老头儿从来没懂过一个女博士生的陪读是个什么性质的角色。

杨志斌偶尔想到"陪读"二字的意思，觉得有趣。伴随或陪衬。一个女人要做状元，她的男人做书童，搭个伴儿，或者也有壮胆、解闷、哄慰等功用。有他，人们便觉得韩淼是个完整的女人而不是那类女光棍儿。总之陪读有它次要却不可缺的职责。陪读的本职之外，他顺便挣一份菲薄薪水。

韩淼有次看见了他薪水支票上的数目，吃一惊地问："这就是你一月挣的？！"听去似乎在控诉这社会对他的糟践，亦似乎对他的低能恍然大悟。大学时代，他是中文系的主角，她是外文系的龙套，韩淼占足上风却还拿出是"鸡不和狗斗"的风度，反而心爱她的弱小，渴望她的傍依。从韩淼对他薪水支票上那三位数痛心疾首，他从此便不把薪水支票带回家，直接把它送进银行，尽量无痕迹地让它混入两口之家的公共收支。

（有次我和韩淼及其他几个女友逛商店，扯起各自男人的优劣。女人跟女人常是把男人的自尊一撕到底的。谁说韩淼福气：老杨人多好啊，又帅！这句"又帅"惹得韩淼脸一长，眼皮耷拉下来。眼下生活，男人的好看似乎从他价值中减掉了几分实惠。）

十一点五十分，杨志斌熄了大厅的灯，赶紧到马路上点上根香烟。一种很内向的快乐来了。它比先前更内向也更快乐。一下子，他想到那桩发生在白天的、无法命名的好事情究竟是什么——阿曼达。阿曼达在霉气烘烘的楼顶储藏室里看他一眼。正在她母亲喳喳喳喳地跟他讲左邻右舍谁谁投机现货，谁谁的妞头开"奔驰"车，谁谁家煮猪肚子煮得一个楼污糟气，又说整个楼二十四家房客她就只看得上杨志斌两口子，最是体面、文明。就在这个时候，阿曼达抬起她肉嘟嘟的脸蛋，两只茸毛环绕的混血鬼眼睛直往他眼睛里找。他想不起是否见过比那更真诚简单的眼睛，但也是不无见解——对她母亲坦荡荡的庸俗，她到杨志斌眼里来找同感、同情。十四岁肥胖的小姑娘的目光是那样绝对的黑白，超过她一身生命的母亲，同杨志斌的目光邂逅并马上达成协议：对这样一个自以为十八妙龄的三十八岁女子，就只好忍受她。怎么办呢？只能忍受。

他觉得一天的最后几分钟里吸的这几口烟异常美味。回家路上，他步子迈得不如平素那么快。韩淼倚在床头忠实的、礼节性的等待不再那么紧要。夜晚空气清冽，烟丝的苦辣进入他的口腔，在他体内水墨般晕开。那么单纯无辜的眼睛莫测至极，他带着近乎罪过的感觉回味它。这小姑娘是早熟还是晚智，他对此完全无经验。

韩淼这天晚上回来得也很晚。杨志斌到家她正在卸妆，脂粉溶解使她五官也随之溶解，一切他所熟识的都变得隐约。她去赴晚会，现在已不再事先通知他。韩淼模糊着一张面孔在前领路，领他到客厅去让他"惊喜"。沙发背上搭着两条一模一样的领带，美国国旗的三种颜色。韩淼说："……还有赠品！我拿了两条领带！本来是赠给女宾香水的，John

要香水给他女朋友，我跟他对换了！"她从透明包装袋里抽出领带，在杨志斌下巴颏下比画。这样他一生一世都可以省下领带的开销了。领带在旧货店也往往是最不旧的东西。

这夜是杨志斌先滑进被子。韩渺跟了来，凉手摸摸他的脸。凉脚趾头圆如冷水珠，触在他也很凉的脚上。韩渺觉得两个人在这个钟点凑齐不容易。她轻声说："杨志斌？"他觉得这样的凑齐的确不容易。他把一条膀子抄到她肩膀下面，把她和他兑上缝，等着火候。常常是火候老不到。不过韩渺体谅得很，学到博士的女人都没太多生物性的。不行，她也不施施技巧，帮帮他。她这样的女人越来越表现自己作为女性的兴趣、价值都不在这方面，她已远远超过女性与生俱有的功用。他无望地感到自己越来越不行，而她也明白他不行不是他一个人的事。他俩就把两具身子合得很好，谁都没有下一步想法。曾经杨志斌和韩渺都把它当作玩，那是很早的曾经了。

星期六上午，杨志斌去楼下捡免费报纸，在楼梯上遇见了波拉。波拉说："你唱得那么好哪？还弹吉他呢？我有个朋友开夜总会，唱卡拉OK十八块一个人，其他地方二十呢。"杨志斌搭讪地说："真的？"她又说："你唱得这样一流，大概他肯给你白唱的，也说不定给你钱赚的。"他想说夜总会这种地方和他无缘，夜晚是他上班时间。何况妻子认为出入夜总会的人都是人品或趣味上有疑点的。但杨志斌知道自己讲不清楚，即使讲清了话也可能是没轻没重的，会伤了波拉的好意奉承。她还在赞美他的西班牙发音，舌头打滚打得多么好。他面孔一烫，笑容似乎被另一些肌肉驱动，有些不适。他想他和妻子的时间老凑不到一块儿，倒是和波拉凑得很准。

当夜杨志斌和韩淼被惊醒。楼上什么东西摔碎了，女人的哭号飞溅起来。杨志斌"噌"地坐起，韩淼大睁眼睛，看着微微打颤的天花板说："人还是牲口？打出这么大的动静？"她一把抓起床头的电话，杨志斌问她打给谁，韩淼说："警察呀——叫他们等天亮再闹！……"她见杨志斌穿着睡衣趿着鞋出了卧室，便扔下电话喊："你干什么去？！"他不答，拉开门往外冲。韩淼也是睡衣拖鞋，却已追不上他。杨志斌一步三格登上楼梯，韩淼忘了他原是有两条勇猛矫健的长腿。韩淼在他身后压着嗓门儿喊："少管人家闲事！……"她感到楼上那屠宰般的惨号宽宽裕裕盖没了自己的声音，便只得跟到楼梯拐弯处，看丈夫用发音很次却声气威严的英语请里面的人立刻把门打开。

里面静了一瞬，又翻天覆地起来。伴随肉体撞击之声的是波拉的哭叫："……你个狗娘养的！再碰她一下我杀了你！"然后是一声"砰嗵"，听去像很重却很软的东西被抛起又坠地。坠地的显然是波拉，她接着便敞开嘹亮的嗓音喊："救命！"

杨志斌更重地叩门，喊已变成了吼："请立刻把门打开！"他来不及分析里面的冲突是什么性质，但他预感到它的乌七八糟的复杂，并且它必定和阿曼达有关。整个楼都被惊动了，二十四户人家都半开了门，一些脑袋和面孔出出没没。这事他们本来并不十分麻烦他们：除了杨志斌和韩淼，这楼上各家不时有内乱出来，也总是关门治理。而由于杨志斌的出面干涉，把这场家庭危机变成全楼公众的事。并且杨志斌讨伐的不是这家人对公有宁静的破坏，而是此门内有一份公道等着他去主持。他第三次叩门时，里面其实已鸦雀无声。

韩淼距他三个台阶之遥，打着又轻又狠的手势命令他撤退。他却感到这戛然而止的寂杳更加不妙，更加需要他揭示出一个究竟。穿着睡衣睡袍的人们在他身后，似乎已通过了无声的选举，正等待他杨志斌的率领，去为这道门内的弱者做主。

杨志斌感到自己代表着本楼的当局。他又一次果断地敲门，喊话："请立刻开门！"

静杳里，一个男人在门内问："谁？有什么事吗？"

韩淼很快看了一眼杨志斌：竟像什么也没发生，竟是我们生出事来打扰他们的太平了！她真的怀疑刚才的惨烈呼救是二十四家人同时发生的幻听。

杨志斌被男人冷静正常的诘问也弄得怔了。但波拉刚才的叫喊使他感到一定存在着什么危险，危及胖姑娘阿曼达。那天在楼顶储藏室里，十四岁的女孩决不会平白无故地那样看他一眼。很长很深的一眼。他再次举起拳头，敲出警长的不容分说来。"开开门！"

门竟平静地打开了。一个小个子男人在走廊的灯光里，全楼居民大部分知道他的身份：波拉一家的赡养者。男人虽瘦小却匀称，将波拉这样的女人拎起来再甩出去是不在话下的。他的英文不比杨志斌好，便不妨碍他拿这语言来自如地推销二手车、调情、多礼或无礼。这一口坏语言使他有种别样的生动。他流利地解释了阿曼达如何作恶多端，如何撒谎成性。

波拉此时不知从哪里冒出一句："你这个凶手！你这个屠夫！"

小个子男人就像没听见，对杨志斌所代表的全楼公众道了句："晚安！"就要关门。杨志斌自己也没意识到他会在整个事件趋于收场时来了这一下：突然挤开小个子男人，进入了这个五口之家的内部。和他自己家一样，门厅左边，即是浴室；右边，厨房。小个子男人在反应当中，杨志斌已看见一个几乎裸露的女性身体佝偻在洗脸池边上，冲洗涂了一脸的血。他认出那是阿曼达。背心式睡裙只剩一根布筋挂在肩上，小姑娘左手拉扯着半片前襟，右手捧了水往脸上浇洒。阿曼达听见响动回头，杨志斌一辈子都不会忘记那双眼睛，那纯粹孩子式的受羞辱的眼睛。

小个子男人用他流利无比的坏英语告诫他，私闯民宅他可以请警察的。

杨志斌竟听不懂他"呱呱呱"地在叫什么，满心都是阿曼达那束目光给他的酸楚。他突然感到阿曼达和他一样，都是自身存在环境之外的人。这样一个单纯无比的阿曼达，怎么会属于这永远弥漫着椰油、薄荷、茴香等热带食品烹饪气味的居处呢？阿曼达被动地被加入这个五口之家，正像自己被动地被安置在一个丈夫、一个夜晚守门人的职位上。他这时看见了波拉，她在听见杨志斌进门的当口窜回卧室梳了两下头，换了件桃红睡衣，抹了一抹口红。

波拉听小个子男人一再威胁杨志斌要叫警察，手抓起电话便朝男人掷来。另外两个孩子也出现了，一点儿表情也没有，猫一样的陌生目光盯着杨志斌。波拉欲向杨志斌说什么，嘴角一撇，眼泪落了好几串。

"我教育孩子，她就同我打！"小个子男人说着绾起袖子，给杨志斌看那上面的抓痕。是波拉长而艳丽的指甲留下的。

杨志斌听见韩淼在楼梯上叫他，嗓音显得教养十足。

阿曼达仍保持那个姿势在冲洗，几乎给他个脊梁。她是出于自尊。这一屋的人就她还在乎自尊。

电话没砸中小个子男人。他偏一下头躲过了。他和波拉打这类架都打油了。波拉身体一蹿一蹿地叫唤："叫警察！叫警察呀！"她的样子几乎是快活的，下巴颏，胸脯，整个上半身都送出去，眼看就要招来一场新揍。杨志斌及时挡在了小个子男人和波拉中间，手截住了那只不大却有着足够摧毁力的拳头。杨志斌吃力地将那拳头捺下去，却做出毫不吃力的样子。他抬起头，见阿曼达正看着他，一手扯住睡衣，一手用块湿毛巾捂着鼻子和嘴。毛巾浸透了血。杨志斌头一次感到自己在一个受伤少女眼中的形象，一个很好的父兄形象。

他平息了这对男女，说他可以开车送阿曼达去趟医院。阿曼达眼睛在浸血的毛巾上方眨巴着，然后，摇摇头。小个子男人一面套上外衣一面说："送医院也轮不上你送啊！阿曼达，去穿衣服！"

女孩向卧室走去，完全以她自己的节奏。出来时身上换了外出的衣服，鼻子与嘴仍蒙在血巾子里。他关切地看着女孩。女孩把他的关切完整地接受过去。

他回到家时韩淼已在床上扁扁平平地躺好了。他挨着她躺下，说："在我面前还想抢拳头？治他还不跟玩似的！"韩淼没什么态度地躺着。他忽然很想紧紧抱一下妻子。他抱了，很紧，同时有了下一步想法。他感到韩淼的消极、温顺就很好。

星期六上午，楼上的小姑娘阿曼达来了。杨志斌正要去图书馆，系了一只鞋的鞋带。女孩不太理会女主人客套的盘问，回她道："和你先生约好上中文课。"杨志斌这时站在狭窄的门廊里，差点儿"啊？"一声出来。他、妻子、小姑娘阿曼达此刻在门廊残存的夜色中站成一个队伍，只有阿曼达脸蛋上有大片的光。小姑娘的眼睛是五岁孩子的，那么信赖。小姑娘从什么时候开始，又为了什么给了他这份信赖，他无从追究，也不想追究。他不能背叛这信赖。他还有种家长般的、护短似的责任感。

妻子转脸对丈夫发出一声惊叫："怎么没听你说起过？！"

　　他说："啊，是。没顾上说。"他越过妻子在暗色里带一层薄薄白光的黑发看到阿曼达那里。女孩圆滚滚的双臂松弛地将一个海蓝的大笔记簿兜着；肉嘟嘟的两颊，神色有种不经意和坦白。杨志斌瞬时有了种情愿，参加到女孩的谎言中去。模样神态如此天使般的阿曼达的谎言能谎到哪里去呢？他对妻子的盘问也变得坦白和从容起来，说："反正我白天也没什么事。在国内我也教过书……"

　　妻子迅速转向小姑娘："我听邻居说，你父亲是中国人。从香港来的？"

　　阿曼达说："他是中国人没错。他不是我父亲。"

　　韩淼问："常来看你妈的那个人，不是你父亲？"她飞快看了杨志斌一眼，意思是：这戏够大了吧！

　　阿曼达说："他是我妈的前夫没错，但他不是我父亲。"

　　韩淼顺着自己的女人天性，多疑而好奇地紧追下去："那你父亲是谁？"

　　小姑娘停顿住了，却并非由于难以启齿。韩淼希望杨志斌和她一块儿欣赏这出戏的新波折。

　　阿曼达仍是在杨志斌眼睛里找什么。她说："我父亲不是我母亲的丈夫。但他是我的父亲，没错。"

　　韩淼在心里搭起一道逻辑演算公式，忽然发现小姑娘兜了她一圈。小姑娘毫无谎意却十分狡黠，她看一眼丈夫，意思是：多么错综复杂，不好玩了吧？

杨志斌已迷失在妻子和小姑娘几来几去的某个回合中。他只想小姑娘不会平白无故地把信赖给他，女孩又隔着妻子向杨志斌看。这一眼使他看到她稚嫩的内心已经有了痛苦。这时阿曼达说："我的继父是中国人没错。不过我宁可跟讲得更好听的人学中国话。你们是从北京来的，不是吗？"

韩淼说："噢，原来你们约好了。"她放进阿曼达，去脱那只已系好鞋带的鞋。韩淼要看看这形势究竟怎么了——楼上那个见人就热络，并且有串门、帮忙、扯生意上的皮条等习惯的波拉很令人头疼，她想弄清杨志斌是否堕落得竟和那个性感的二百五拉扯上了。或许小姑娘是两人拉扯的中介（韩淼当时对我说及此事情，认准主角是幕后的波拉）。

阿曼达并没有马上走进来。她平平稳稳脱下白运动鞋，用穿白棉袜的脚把它们轻轻踢到墙根，踢踢齐。然后她走到客厅里，一步一步地，像个迟到的学生而整个教室都静止下来，看着她。韩淼和杨志斌就那样静止着。

阿曼达问杨志斌她可不可以坐在地毯上，听说可以，便坐下来。坐得很成方圆的，端正齐整地盘起两腿，两个溜圆的胳膊肘恰好端放在腰子形的玻璃茶几上。韩淼想在弄出分晓之后再去图书馆。楼里传说着小姑娘挨揍的原因：她把一只奇肥的蟑螂放在小个子男人的咖啡里，并一口咬定那蟑螂自己爬进去寻死的。楼里人还传说小姑娘的亲生父亲确是那个老香港厨子，每次来看阿曼达和波拉时总拎一摞外卖的白盒子，沉甸甸的盛满海鲜或肉食。

阿曼达把那个蓝色笔记本打开，纸面爬满黑色、蓝色、红色的中国字。一个字重复好几十遍，下一个字都比前一个字大。字全是一副冥顽模样，无知无畏，偏旁部首都给肢解了。

韩淼用中文问每星期上几次课，杨志斌顺口就答："就这一次——星期六，上午十点。"韩淼立刻转脸去问阿曼达，这回是英文："每礼拜几堂课？"杨志斌看着专注地在簿子上画字的阿曼达，心想：完了，她的回答很可能与自己不同。阿曼达却仰起脸，无邪至极地朝韩淼看着。韩淼把问话重复一遍，眼盯死杨志斌，让他无法与阿曼达攻守同盟。女孩说："就这一次——星期六，上午十点。"她以英文一字不改地复述了杨志斌的回答。他想，世界上果真有如此的默契，而不是巧合，便是太珍贵难得了！

女博士兴致与狐疑都消沉了几分。她问阿曼达要不要喝水。女孩说："有可口可乐吗？多多的冰！"韩淼给她毫不推让的爽气弄得一恼，同时也一乐。这么大的块头枉长了，脑筋如此简陋。进厨房去拿饮料之前，韩淼对丈夫摆摆下巴，让他也来。

杨志斌一进厨房，她便关上门，问道："付你多少钱一个钟点？"

杨志斌说："咳，再说吧。我闲着也是闲着。"

韩淼说："噢，钱没说定哪？！"她神情姿态里出来一种他从未见过的锋利。他想，这就是妻子未来的样子了，一个绝不让自己客户吃亏的女律师。韩淼从冰箱取了听饮料，又去取冰块："我就知道这女人早晚要祸害到我们家来！还好没付你钱，现在你就去给胖姑娘下课。现在就去！"

他眼巴巴看着妻子，走投无路地进进退退，忽然说："波拉不是帮你买过两张特廉机票吗？"

女博士说那是她犯的第一个错误，从此便给这女人插进一只脚到家里来了。这楼二十四户，各色人种，哪家没她插的一只脚。韩淼对这种别的本事没有只有一身女人本事的女人小瞧透了。她手指点着杨志斌说："你等着，不会有什么好事的。"

她拿一个玻璃杯盛上冰，抓起可口可乐就去了客厅。他跟了出去，也觉得韩淼说的"不会有什么好事"似乎说中了什么。他和这个小姑娘从一开始就有"不是好事"的征兆。

以后的两个月里，楼上女孩阿曼达每星期六上午来跟他学中文，学毛笔字。韩淼照例去图书馆，也照例中途折回来两三趟，不是忘了眼镜就是忘了钥匙，有次实在没什么可忘的，便闯进来拿起门后挂的雨伞。他懂得韩淼是为他好，也为她自己好。护着他不让他落入波拉的圈套（韩淼说她开始以为小姑娘阿曼达不过是她母亲的一个圈套）。

一天下午杨志斌在洗衣房里碰上波拉。她说阿曼达每天下午放学后去给四楼的一家看孩子，挣了钱来上杨老师的课。杨志斌感动得哑了，半小时后才恢复了语言功能，将英文句子在心里结构了又结构，咬文嚼字地对波拉说："是鄙人荣幸。"

波拉瞪目微笑，不知他指什么。他以为这句话仍不够正确，想重来一遍，记忆里的词汇却流散了一脑子，怎样也捏不出个把句型来了。波拉看他的样子好玩，那么大个子会羞涩成这样，手便抓住他裸露的小臂，看着他眼睛说："那天夜里的事，谢谢你保护了我们娘儿俩。"

韩淼说她决定搬家了。地方她已看好，在太平洋高地的脚下，但说起来可以告诉人家"我们住在太平洋高地"。那是居住的一个名品牌。据说那里的某一面墙上偶尔出现三两

笔涂鸦，立时就会有人打"涂鸦热线"去检举；那种惊动好
比在别的区域发生枪战。杨志斌听说此区的房租昂贵，便问
韩淼看好的那处租金是多少。韩淼捋一把他的头发，笑笑说：
"你就甭管啦，你操心也没用。"杨志斌马上明白，他每月的
三位数工钱原本是不能蒙混过妻子的知晓，无法避免她心里
的感慨抑或怜悯的。他托在韩淼颈下的胳膊渐渐僵冷。事实
上是韩淼把近六尺的他搁在她的翼下。于是韩淼张开翅翼护
着暖着六尺男儿杨志斌的形象在他脑子里怎样也挥之不去。
它成了他亲近、爱抚妻子很大的一个打扰。起码这天晚上它
很打扰他。又进行不下去了，那个"不行"向他全身输散着
一股麻痹，他就只好无进展地搂着她。

　　韩淼还在说着搬家的事。她说那地方是不如这地方宽敞
的，不过邻居里绝不会有波拉这样的品种。她还说搬家前东
西实在搬不完，可以举办个"YardSale"，二手货卖成三手货。
她又说："再不搬，楼上那母女要搬进这里了！"杨志斌不
高兴她损阿曼达。不过也只能在心里不高兴，一声不吭。他
吭不吭声没什么不同，韩淼挣的钱去付那高昂的代价让他去
跻身名品牌人流，现成的好日子，他该有的就是一份现成的
感激。

　　第二天下午，他清扫了房间，又把晚饭烧好，转来转

去地思忖，该在哪里抽支烟。韩渿对烟味越来越敏感，晚上回来能大致嗅出杨志斌在白天抽了几根烟。阳台也不行，波拉会打电话提醒她小儿子有哮喘，电话又往往被韩渿接去，波拉口气再软韩渿也认为给这女人在文明教养上钻了空子。韩渿心里，波拉一家勉强可以给划入文明教养的最低等级。

杨志斌便下楼去，先在信箱里取了邮件，然后走到马路上，边看邮件边抽烟。邮件都是毫不具体，毫无个人色彩的。都是从不知是谁的手寄出，寄到不论是谁的手里。没有面目的投寄者称他"亲爱的杨先生"或"亲爱的杨女士"抑或"亲爱的客户"，于是作为收信者的他面目混乱抑或是面目虚无。翻到最后一封，是手写的笔迹，他心一乱，拆信封的手指头竟也乱了。一眼就看见了开头的一行："亲爱的杨志斌老师"。是阿曼达写的，整封信是英文，只有他的名字是中文。他忙掐灭了烟，将信笺塞回信封，然后四周看看。杨志斌不知道自己这样四周看看是什么心理。

他很快回到自己公寓，房间里有些暗，但他并不愿拉开百叶窗。在床头的台灯光里，他一字一字地读完了这封来自十四岁女孩的信。内容极其简单，就是告诉他星期六晚上她的学校要开一次家长会，她请求杨老师去参加。读是全读懂了，可却是不大有把握这个懂是真懂，没有比这些字句更简单直接的了，就像没有比阿曼达更直接单纯的女孩了。问她："喝水吗？"她便大大方方说："要的，有 Coke 吗？"问她："要吃冰淇淋吗？"她也不推辞地说："当然。"说她的衣服好看，她就马上说："谢谢。"但杨志斌觉得对这个稍稍肥胖的女孩仍欠缺一点儿懂得。

他在房间里蹀了几趟，不知该怎样拒绝女孩的邀请。她的信赖已令他有些吃不消了。拿了这样一份信赖不可能没有后果的。把这样一份信赖接受下来不可能撇开与之相联的责任。要不要这责任呢？杨志斌站定在屋中央，恐惧地想，他对阿曼达从一开始的另眼相待便是出自于喜爱。他居然在那天晚上，波拉的男朋友揍阿曼达时，挺身而出地将这暗藏很深的喜爱暴露出来。也许其他人并非悟到，但阿曼达自己肯定是认识了。在那之后每一次的上课，她眨巴着毛茸茸的大眼睛，把那喜爱一步步证实，一点点加固。

这正是他对阿曼达欠缺那一丁点儿懂得的地方。而他对自己的不懂却更深，因为除了不安、烦躁，他身心里那股内向的喜悦在游动和循环。门铃"叮咚"一响，真正的扣人心弦。

门外是波拉。杨志斌赶紧出去，省得她进来。波拉穿健身房的紧绷绷的身服，一部分肉体被收缩，另一部分肉体无可避免地被挤压得漏于那收缩之外。于是长度不够的波拉身上呈出恶狠狠的肉棱。她问他是否收到了阿曼达的信，笑成很调皮的样子。他支吾着说收到了，可他星期六晚上必须上班。波拉嗔嗔地说："阿曼达不要里昂去！"里昂便是那投机倒把卖二手车的小个子男人了。"阿曼达越来越没法和里昂相处了。到了这个岁数的孩子，简直就是小魔鬼，从来弄不清她脑子里是什么玩意儿。我知道，她是嫌里昂不够好看，小姑娘这方面的自尊心都是特别强的……"

杨志斌肯定波拉絮叨的远比他耳朵捕捉到的多。她一再强调阿曼达对他的尊敬和信赖。这尊敬和信赖令他羞怯却也欣慰。波拉又说："就说你是阿曼达的伯父好了……"他插不上嘴，面孔上的笑容是明显要把这样神圣的身份谦让出去。他可以有一堆借口：请不出假；妻子不愿意；英文太次，去了也是又聋又哑等于摆设。无意中抬头，他瞥见三楼的楼梯口，阿曼达趴在那里往下看，看着他，眼睛比平常紧张，似乎她或生或死都是他看着办的意思。

他满嘴托词待他张口时却成了应允。阿曼达的脸立时缩了回去。紧接着他听见她向楼顶跑去，脚步一路撒欢。他不再留心波拉罗里八唆的谢词。只想这事怎样才能和韩淼说得通。他想让他喜爱的小姑娘阿曼达再好好地信赖一次，让她天真无邪的虚荣心好好地满足一次。

杨志斌和阿曼达约好在学校的停车场碰头。小姑娘化了妆，高高束起长发，又在脸畔垂挂几绺散发，用发胶做成葡萄藤状，颇牵人心。她看见他马上跑上来，看得出她前一秒钟还在焦心他会食言。他穿一件从旧货店新买的深蓝西装，仅换了一副锃亮的铜纽扣上去。纽扣是崭新的，从一家车库拍卖会置回了一整盒，包装尚未启封。阿曼达说："你看上去真酷！"他笑笑，有点儿担心进入不了角色。

阿曼达这晚上话很多，满口中学生的激烈词汇，他多半不懂，只看她眉飞色舞，比手画脚便很有趣。其实这些表情是波拉的，但在女孩这儿却自然而可爱。阿曼达走得先他半步，他的眼睛避不开地要去看她浑圆的一段脖子，也是茸乎乎的，皮、肉、骨的关系和成年女性很不一样。

一些家长也正朝教室走。一位父亲的手搭在女儿的肩上，侧头听她说着什么。这个姿势是可以借用的。杨志斌便将左手抚在阿曼达脖子和背交界的地方。女孩看他一眼，他笑得很慈爱。阿曼达很快摆脱了腼腆，接着去讲他们孩子间的是是非非、恩恩怨怨，他的手触摸着女孩那块肌肤，轻不得重不得，似一种享受亦有些受罪。

家长会只开了半小时，是关于一次周末野营的会。散会后杨志斌对阿曼达说："我先送你回家。"小姑娘问他为什么自己不回家。他支吾一会儿，感到要把这事用英文讲清难度太大。韩淼知道他星期六晚上若值班的话会到下半夜才回家。现在只有八点，至少要到哪里去混掉四小时。

阿曼达快乐地说："酷！那我也不回家，我带你去好玩的地方！"

杨志斌知道果真这样事情可能就会出在这里。但他又有几分好奇，想看看究竟会发生什么样的事。快乐谈不上，却有什么使他振奋起来。近两年的伴读生活，杨志斌第一次有了这样的振奋。阿曼达领路，他把车一直开到太平洋边。浪很大，铺天盖地。每个浪头蹿起，小姑娘就尖声叫着，往他怀里躲。他敞开西装的前襟，让她把整个身体躲进来。这是个发育过剩、弹性十足的女性身体了，只是小姑娘对它的觉悟还远远落在后面。她在他怀里动弹不停，快活得拳打脚踢，胖嘟嘟的脸蛋表示，这晚的一切都好玩死了。

冷得不堪了，杨志斌被阿曼达领进一个吧。她说她妈妈和里昂带她来过这里。桌子靠窗，可以看见大洋里庞大的礁石被月光照得嶙峋古怪，礁石上淋漓着白花花的海鸟粪便。凶险和美丽有些慑心慑魄。她给阿曼达点了杯梅汁，给自己要了杯啤酒，又为女孩叫了一盘墨西哥玉米饼脆片，蘸新鲜的"嘎楷毛勒"（一种热带果实 Avocado 与鲜辣椒制的佐酱）。他居然能独立地称职地点饮食，主人翁似地拿主意，这感觉相当好。阿曼达把主权都交给他，征求她意见时她便快活地点一下头，那神态像小孩学大人，又像大人装小孩。小姑娘的眼睛跟着他眼睛，非常希望他认为她很乖。因此他便给了她一句："你是个乖孩子。"女孩快乐透了，进一步希望她的一招一式都引起重视和喜爱。显然是从来没人这么拿她当回事。突然间女孩启口道："我爱你。"

杨志斌害怕了。转念想到这岁数的孩子把什么话都讲得过重：爱这个，恨那个。他一面给自己压惊一面问："你还爱什么？"小姑娘不假思索地说了一串：BradPitts、哈根达斯冰淇淋、弟弟、妹妹、某某某同学。顿一顿又说，她还爱没有里昂的日子。他问："你不爱你妈妈吗？"她说有时候还行。

十一点刚过，杨志斌付了账领着阿曼达出来。她说下次还来。他一心一意启动着一九八九年的"丰田"，对女孩说他们下月要搬走了，小姑娘顿时静下来，过一会儿她问："搬回中国吗？"

他忘了"太平洋高地"怎么说，就只好不置可否。

"我巴不得也去中国。"小姑娘说。

他觉出她声音的异样，扭脸看她，昏暗中她圆圆的轮廓像个胖天使。之后，他就看到了一颗眼泪。真想不清楚，这小姑娘会为他心碎。什么时候他已放弃了对付那常常作怪的老引擎。他嗅到小姑娘的发胶和廉价香水的气味。

在回家的路上，杨志斌不敢想象刚才和这十四岁女孩揉成一团的竟是自己。

（韩潋对我说，假如杨志斌当晚出门前不对她撒谎，而是照实说他去扮演"伯父"参加家长会，那事不可能发生的。她说不定也会让他去。会有一场别扭但最终会让他去的。若是那样，他们就不必在外面消磨一个晚上，不会出现那样的紧急事变。）

杨志斌在五月十八日这天下午和女孩阿曼达在楼顶储藏室里约会。三个月前他替波拉搬上来的这张床垫竟会派上如此的用场，是他当初怎样也没有料到的。一切又正是从这床垫起端的。他和小姑娘的事韩潋毫无觉察，每天的话就是嘱咐他如何打包，留什么卖什么。阿曼达星期六来上课，她也不再中途折回窥视破绽。其实已无课可上，小姑娘来了只是眼神呆呆地坐在那里，他抱抱她，她也由他抱，眼神只呆呆的。她看见客厅摆着大大小小的纸箱，忽然问说："你撒谎。

你不是搬回中国。"

　　他悲哀地看着她，想说，有什么不同呢？却想不起这话怎么说了。

　　小姑娘这样子发呆，仿佛在对整个事态做了反应。这桩发生在她身上的事，她尚未判断出它是好是歹，自己对它是喜欢还是憎恶。她生来就是个反应迟钝的孩子。她看见纸箱子上搁着把旧吉他，走过去，手指弹出"嘣嘣"的响声。杨志斌把吉他拿过来，唱着弹着。阿曼达听了一会儿，凑到他身边，头伏在他肩上，眼睛更呆。杨志斌觉得这事不三不四的，但也算是一场恋爱。想到"恋爱"二字，他鼻子猛一酸。

　　星期日一早，韩淼和杨志斌把阳台上的二手货搬到楼门口的马路上去卖。波拉和小个子男人里昂走过，看了杨志斌一眼。他觉得这两人是特地跑来给他这一眼的。韩淼跟他嘀咕："这两个最热衷买二手货三手货的人，怎么今天没胃口了？"杨志斌没心思与她搭档揶揄。

　　又过了两天，杨志斌一直没见到阿曼达。他忽然想到她的学校野营的事。又是两天，杨志斌意识到自己已陷入了对阿曼达的思念。这思念强烈、凶猛，每个细胞都在极苦的期盼中鼓胀得要裂开。这是他和韩淼在此地的最后一周，周末韩淼请了几位朋友吃饭，因为这些朋友第二天要来帮忙搬家（我也在被邀之列）。

朋友们到的时候近中午，按了十多分钟的门铃也没人应门。人数渐渐在楼梯口聚齐了。正议论着韩淼如此有谱儿的一个人竟把大伙儿给晾在这儿。门却开了，里面走出一对男女和一个十四五岁的女孩，女人和女孩一直在哭，脸上的妆稀里哗啦。韩淼垂头跟在他们后面，对朋友们道歉，说出了件意外的事。今天只好取消聚会，家也不搬了。

杨志斌是星期一晚上被捕的。他自认为的一场恋爱被警方叫作"诱奸"。她以为小姑娘能为自己的身体和感情做主，警方却告诉他，她尚未到做主的年龄。替她做主的是小个子男人里昂，还有波拉。

出庭之前杨志斌一直没有见到阿曼达。从原告席上站起来的年轻女子已是杨志斌不认识的了。她比阿曼达成熟老练，消瘦了许多，婴孩般的胖脸蛋不见了。是个有了些经历和磨难的小妇人，苍白而倦怠，两只眼睛更大，却失去了天然的茸毛，取而代之的，是被睫毛膏做成的黑色荆棘，和她母亲一模一样。那憨态的、无意识嘟起的嘴唇也不见了，嘴唇是精心摆出的形状。年轻女人在受到众人关注时的一丝得意使那嘴角微微使着劲儿。然而她蜕变成了一个多么美丽的女郎，目中无人地扫视全场。

　　韩淼这些日子在朋友们家里诉说她和杨志斌的感情。她变得碎嘴唠叨，一说就从大学一年级她初识的那个风华正茂、品学兼优的杨志斌说起。朋友们从来不知道她心底不但没有对自己丈夫的轻蔑，有的竟是这份根深蒂固的崇拜。她一家一家地跑，说是喝杯水就走，却往往是三四个小时坐在那儿谈那个才貌双全的杨志斌。人们开始有些怕她，尽快告诉她他们手头不宽裕，只凑得出三两百块给杨志斌做律师费用。韩淼为乞来的这点儿帮忙会潸然泪下，更是停不住口地说她如何理解、信赖杨志斌，他完全是落入了一个陷阱，那对狗男女看中老杨的厚道来陷害他。她一再说起曾经英俊、正派的杨志斌，女人们都默默为他害相思病："你们不是都看见了，就是到这个岁数，他还是少有的帅，对吧？"人们奇怪，韩淼说起杨志斌的英俊来不再有那点儿难为情。

　　开庭前，韩淼对杨志斌说："不管判你什么，我反正会等你。我知道，这事不能全怪你……"话未尽，眼泪已流一脸。

　　杨志斌纳闷，妻子这张泪水纵横的面孔没给他的心多少触动。他觉得他真正的痛苦和创伤，她并没有懂。他自己并不见得懂。在和阿曼达度过的那些好时光中，在他有那股深深的喜悦时，他似乎是懂的。

杨志斌的辩护律师是韩淼老板的同窗，曾驳回不少已成为定局的案子。他手里有一件重要物证，就是阿曼达给杨志斌的亲笔信。它可以说明女孩的主动；她远远不是在杨志斌手里"失去童贞，身心健康受到重创"的牺牲品。他至少可以把杨志斌的案子从"诱奸"辩为"性骚扰"。界定两者是"进入"与否。杨志斌听着这个被作为法律术语的"进入"在律师口中来回翻炒，最后炒出个无嗅无味的结论："进入"没有发生，因为原告缺乏"进入"的证据。就是说，处女阿曼达在何时何地失去了处女身份是完全无法追究的。

在律师呈出阿曼达的信时，阿曼达朝杨志斌望了一眼。这一眼与他俩头一次相望几乎一模一样。那种同是天涯沦落人的默契答对。却有一丝不同，那便是女孩目光中的苍凉，对世态炎凉有所领教的凄楚。她美丽的眼睛以这目光发出长而深的叹息。杨志斌几乎恨起这个越说越在理，越在理越不依不饶的律师：他当众把小姑娘的那点儿隐私出卖了；小姑娘对"亲爱的杨老师"的情谊和信赖被辜负了。杨志斌于是开始痛恨自己，小姑娘那蒙昧赤诚的信赖怎么如此轻易地就被他这个四十二岁的男人窃取了？之后就是利用，就是辜负，然后是出卖。在众目睽睽之下，他们背弃那一段美好的忘年情谊，相互残杀……

轮到检察官驳证被告律师了。他说到杨志斌"以教音乐为诱饵"时，被告律师制止住。律师纠正道："是教中文，不是音乐。"

检察官毫无表情地说："这是谎言。"

律师问："此话怎讲？"

检察官告诉全体陪审及法官，女孩阿曼达绝不可能跟杨志斌学中文，理由是：阿曼达不但懂中文，而且精通中文。

律师笑了，是对于荒诞的傲慢笑容。他说："请问有证据吗？"

检察官示意阿曼达起立，递给她一张中文报纸。他向大家解释，它是当日的报纸。阿曼达挑了一段文艺刊的散文，轻松流畅地朗读起来。那是段优美闲逸的文字，虽被读得字正腔圆，却不知怎的添了一抹异国情韵。

杨志斌木讷地看着少女苍白的侧影，嘴唇那样伶俐。韩淼在他后面，呼吸止住很长一段，再有气喘出时，便像看恐怖片那样带着毛骨悚然的战栗。

　　杨志斌希望阿曼达再能看他一眼，他或许能从这一眼中得到哪怕百分之零点一的解答。少女却再不回头，于是他离彻底的迷惘又进了一步。

　　十五个月后杨志斌刑满释放，妻子韩淼已通过了律师资格考试，拿到了执照。她说她已准备买一栋房，新的开始在那儿等着杨志斌。他告诉她他是多么领情，不过他已拿定主意回国，回云南老家去。韩淼问他是不是觉得在朋友那里抬不起头。他很想说：谁是我的朋友？但他想想，算了，便眼睛看着别处摇摇头。（韩淼跟我说："他那样子好可怜哪，就像国内那时候'冤、假、错'给整傻了的人！"）她伸出手捋了捋他花白的头发，又摸了摸他白胖的脸，告诉他那个阿曼达心理肯定不正常，听原先那些老邻居说，女孩不到十岁就开始看心理大夫，还听说她有一任继父是中国北方人，大概她从他那里学的国语。

　　就在杨志斌打点行李，办理离婚手续，各处打听买廉价机票的时候，他收到一个电话，是阿曼达打来的。她问他可不可以见一次面。他马上说可以。阿曼达问什么地方，他说市中心购物中心的地下咖啡厅。一秒钟的沉吟，她说好的。女孩嗓音中已完全没了曾经的嘎声嘎气。

　　阿曼达迟到了十分钟。他见她的唯一目的就想弄清她究竟为什么毁坏他至此。看见一个染了头发、臂膀上刺青的美丽年轻的女人阿曼达，他想想还是拉倒，她成长成眼前这个阿曼达，其中必有他的喂养。她说里昂买了房子，他们搬过去有半年了。他随口问那地方叫什么。她说了它的名字。他心忽地一动，那地方到这里要开三小时的车。阿曼达告诉他，她一清早被她妈差到加油站旁的小店买牛奶。一个加油的人和她搭讪。那人恰是开车来旧金山，她便搭了他的车来了。她笑笑说她身上只有一加仑牛奶的钱。

　　她坐在小桌对面，就这样不紧不慢地告诉他这些。

　　这时他忽然意识到，她讲的是中文，无可挑剔的中文。

　　（今年初，在一次交通阻塞中我发现旁边一辆车内有个面熟的侧影。我落下车窗叫了声："老杨！"竟真的是杨志斌！他说他在一家中国人的超市做工，并请求我别把与他的邂逅告诉韩淼。韩淼以为他早已回国，并因此而如释重负。他说我是唯一知道他"黑"（"黑"即黑户口，没有身份和任何官方记录的"黑民"）下来的人。再想多谈，他那道车流松活了，他的车渐渐消失在前方车的巨大群体中。从此没有任何档案、记录证实他的正式存在。他的非正式存在对于一切人，包括美国的移民及税务系统都是一个秘密。他对自己从前生命痕迹的抹杀，或许是他唯一能获得的自新。我——他秘密存在

的唯一知情人意识到，他似乎是自由而洒脱的。在如此广漠
而黑暗的自由境界中，他或许连阿曼达带给他的那种深含耻
辱的畸恋也不需要了。）

紫薇花与少年郎

　　姨妈在卖掉她之前叫她在这里等着。不是真卖，等于是卖。

　　姨妈走后，齐颂四面绕了颈子望，没人，她把挎包里一个花结拿出来，别在脑袋顶。她不知道这东西别在脑袋顶就错了。然后她又四面扭头，这回希望给人看到。下午两点，这地方顶没人。柜台里的人在等生意，是个墨西哥小伙子。他见齐颂顶出那么个花来，对她笑了笑。他也不知道它不该被顶在那儿，弄得齐颂好端端个闺女不三不四起来。

　　齐颂二十岁，早没妈了。三个月前从山东来美国时，还有个爸。一天爸去姨父厂里上班，上着上着就死了。还缺一个月爸才五十，是他一直偷偷害着的肝病把他杀了。姨妈就同齐颂商量：今后齐颂就归姨妈。姨妈看出齐颂笨笨的，不难整治，比方让她穿什么她就穿什么，一有意见，姨妈说："你是穿给我看的；要我看着顺眼，喜欢才好。你喜欢，没用，我不会给你买。"齐颂就笑笑，算了。姨妈把她打扮得跟自己的女儿一样。只是自己女儿从没有一次照她心愿打扮过。

这个女儿十七岁时把头发染成紫色，屁股蛋上刺了玫瑰花和宝剑，十八岁时在一号高速公路上开车开到海里去了，再没给打捞上来。

墨西哥小伙子对坐在窗边的齐颂说："你要喝点儿什么吗？"

齐颂并不知他讲的什么，愣一会儿说："是。"

"要喝什么呢？"

"是。"她答。

小伙子嘿嘿乐了，看着她好玩。她也觉得这个墨西哥小老乡怪漂亮，人是不高，八成高不过自己，但很不难看。尤其他的一对眼，毛茸茸的，那么深刻的双眼皮。

"我英文讲得很赖。"他说。

"不。"她说，齐颂在遇到英文提问时，一般回答两次"是"，一次"不"，在成人英文学校也这样，答对答错比不答强。

小伙子被鼓舞了，拿了杯啤酒给她喝。问她多大了，叫什么。这个她懂。上学头一天，四个钟头就学这两句。答完，她拿同样句子问他，他说他二十一，刚刚够格在这里卖酒。

"我叫卡罗斯。这个小馆是我伯父开的。我晚上去州立大学学电脑……"

"伯父！伯父！"齐颂兴奋起来，她听懂了这句，它和姨父一个讲法，"我有姨妈、姨父……"有关他们，她没词去讲了。姨妈在赌场洗牌时认识了姨父，姨父开着一间造塑料购物袋的小工厂。

卡罗斯坐在了她对过，膝顶了一下她的膝，赶忙躲开了。"你很美，"小伙子说，脸一红，自己把自己吓着了。

这句恰巧也是齐颂懂的，个个人都对她讲这句。她答："是，"想想不好，又说，"不。"

这会儿姨妈在美容店让人把她头发做成个蒲公英。做完她才去谈卖齐颂的价码。

不是真有价码，意思差不多。

"你住哪儿？"卡罗斯问。

"是。

"我的英文真屎。"他笑着说。

"是。"齐颂说。她心里觉得很对劲，眼便朝他花一般开放一下。

两个老头儿钻进来，坐到柜台一圈的高凳上，要求卡罗斯把悬挂在墙角落的电视机打开，他们要看球赛。卡罗斯跑去伺候他俩了，临走把齐颂腕子轻轻一捏，说："快别让他们看见我给你啤酒喝！"

齐颂认为他肯定说的是："我去一下就回来！"朝他矮矮、

矫健的背上追了句："不！"意思是：你不必照应我。卡罗斯回头对她一笑，觉得她在和他发嗲。齐颂看出他这一笑有多少温存。她觉得他是一点点在越发傻气起来。他开启酒瓶时，下巴往胸口掖，一身劲儿全跑到颈子上，颈子慢慢胀开。他浑身都透着勤劳和有力。

姨妈这时正支着蒲公英发型，往牙医那儿去。洗牙的时候，她跟她谈出售齐颂的时间。是牙医的哥要齐颂，要了齐颂，姨妈得一万块做媒钱。所以姨妈不是真要卖齐颂的。

齐颂支起颈子去看卡罗斯，正碰上他也在看过来，眼睛撞上，俩人都壮起胆把目光持续住。不大工夫，齐颂手心出了汗。

俩老头儿给伺候舒服了，卡罗斯闲下两条臂，轻轻荡着，打算再回到齐颂桌上。齐颂已捧了本课本在读了。她在书上挑个词儿，再将书合在胸口，眼闭上，下巴轻微向前翘，出声地念那词儿。念一趟，她头点一下，念得卡罗斯迟迟疑疑地走过来，扳起她手，看看那书，说："你念得不完全对吧？"

"是。"

他把词儿也念一遍，又问："听我念了吗？"

"是。"她答。

"发现你的错了，是吧？"

"不。"

他倏地将她瞅着。她也虎起眼瞅他回去。

卡罗斯坐到她对面，腿挨上她的腿。两双腿就这样挨在一堆。过了一会儿，俩人都露出探险般的气短，不过那气短一点儿不受罪。

"你错了。"卡罗斯说。

齐颂答应："是。"

"知道错在哪里？"

"是。"

"那我念一遍，你跟我念吧？"

"不。"

卡罗斯实在觉得这个东方小妞好玩透了。他的眼睛也对齐颂开放出两朵火花。齐颂看着，想它们可别熄了。他不知她并不在存心反驳他：她就这样两个"是"一个"不"。跟一切一切全一样，全是两个"是"一个"不"；两个肯定，一个否定，就编织成了日子、生活。也跟跳舞一样：进两步、退一步；左两步、右一步。

姨妈这时仰着给搁在了牙医椅子上，俩人讲得差不离了：价码、时间。牙医说他哥虽有六十，人还是体面的：聋哑有什么呀，将来齐颂嫁了一人说话一人算，架也永远不吵。姨妈啐出一口血唾沫，打趣说她今天就收媒人礼钱哟；不然下礼拜新娘上了床，媒人扔过墙哟！

齐颂不知姨妈这时正推销她，只希望她今天晚上晚点儿来接她，让她跟这小老墨多学学英文。卡罗斯瞅着她一遍遍念那词儿，皱眉笑了：“还是不对，看我——”

齐颂就更使劲儿看他。他侧过脸，给她看他舌头在张大的嘴里咋动。

“懂了？”

“是。”

她便也侧了脸，张了嘴，什么声没出，咯咯笑起来。卡罗斯伸手逮住她的小臂笑着等她笑完，这才又开始念。齐颂不舍得咧大嘴，嘴唇只往前噘，卡罗斯觉得她样子好看死了。他禁不住伸出手，穿过小桌，去碰齐颂嘴唇，忽又发觉碰不得，手收在半空中。

俩人都没了声响、动作。俩人都瞥见对方的胸中一鼓一瘪。俩人的腿挨在一堆却都装不知觉。渐渐，也真没了知觉。

姨妈这时已在快步朝这儿走，腰里揣了五千元现款，说是另五千元要等齐颂真正上了新嫁床她才得。姨妈不慌，那聋子有成屋子成屋子的钱。这事对得住齐颂死了的父母，也对得住她自己，姨妈这样想，脸按都按不住那笑。

齐颂一点儿感觉不到姨妈的逼近，她觉得自己和卡罗斯就这么美美地待着，谁也不来打扰他们。

卡罗斯说："哪天我去找你，拿车带你出去玩吧？"

齐颂一个字也不懂他讲什么，尽管他讲得很慢。但她仿佛又是懂的——这样地对着他眼睛，还会有什么不懂呢？她郑重地答："是。"

"那么我能不能有你的电话和地址呢？"

"是。"

卡罗斯脸上升起幸福。"我后天不上班，我开车去你家接你，然后我们去……我们去哪儿？"

"不。"齐颂含笑说。

卡罗斯懂得她，她的意思是"我不在乎去哪儿；去哪儿又有什么关系"。

姨妈这时还欠一条马路就到达了。一辆敞篷的"奔驰"车穿了红灯，险些蹭没了姨妈的鼻子尖儿。姨妈大喊："狗娘养的！"但"奔驰"没被骂着，开它的是上岁数的聋子。

齐颂觉得姨妈永世不回来领她了。她觉得这个英俊的小伙子与她之间的事已是天定了。

卡罗斯两只手在桌面上匍匐，接近了齐颂平铺在那儿的双手，十根指甲粉红，不是涂的，是种年轻纯然的粉红。卡罗斯就要扑到她做活儿做得粗糙的手上了。

对过教堂的大门乍然开了，拥出一群高兴透顶的人。当头间是新郎和新娘，俩人边走边吻。人堆里抛出五彩纸屑，纸屑落到新男女头上和身上，他们不顾，只紧拥着，一人给一只手、半张脸应付人群。好像他俩合拢到一块儿，各人都只剩下半个身子了。

"他们结婚了。"卡罗斯说。

"是！"齐颂说。

"然后他们去度蜜月——看，进那辆车里了，看见吗？"

"是！是！"

俩人一同看着那缓缓开动的车。还有阳光与风里仍哆嗦着飘荡的缤纷纸屑。还有教堂内未杳的乐声。卡罗斯的手和齐颂的手拉上了，汗出在了一块儿，指尖全在抖。他俩都有那感觉：别人在实现自己。

就在卡罗斯返身去拿纸与笔，要抄录下齐颂的电话、地址时，姨妈到了齐颂跟前。

"怎么可以喝酒？！"姨妈说。

"是啤酒。"齐颂说。

"啤酒就不是酒？"

齐颂愣一下，又是那"算了"的一种微笑。姨妈正渴，便把剩在瓶里的啤酒一口气喝了，俨然是牺牲自己替齐颂喝它的神气。

卡罗斯走过来。姨妈拿出钱包，抽出几张零票按在桌上。

"酒是我请小姐喝的。"卡罗斯怯怯地说。

姨妈顺手将钞票拾回。"你问她岁数了吗？还好没警察，不然你要挨罚了！"姨妈嗔笑地说。话给她说成一段小调，委婉俏皮。

卡罗斯把纸、笔递向齐颂，说请她把地址、电话写上。姨妈立刻替齐颂接过："我们不住在附近，是路过此地的，对吧，颂？"

"……是。"齐颂答，并不知姨妈与卡罗斯讲的什么。

"那你们住哪儿？"卡罗斯有点儿焦急地问。

"住中国。是吧，颂？"

"是。"齐颂应着，朝卡罗斯满眼是话地望一眼。

"我可以去中国找你！"卡罗斯对齐颂说。

姨妈对齐颂笑吟吟译道："他说呀，咱住得离他太远啦，不好找哪！"

齐颂急坏，忙冲他说："不！不……"

卡罗斯对姨妈："告诉她，等我毕了业，攒上钱……"

"颂啊，他说啦，他可忙着呢，没空儿陪咱们说话了。"

齐颂听了忙说：“你去忙你的，我明儿有空儿再过来看你……姨妈，你这么跟他说呀！”

姨妈转向卡罗斯：“她说，以后就再见不着啦！”她伤感地朝他笑一笑。

“那明天吧？好吗？”卡罗斯对齐颂说：“明天我开车上你住的地方，去接你……”

齐颂听懂一个词儿：明天。她头点得忙乱：“是、是！明天我还到这儿来找你。”她拿中国话对他说，只有“明天”是英语。

姨妈对卡罗斯：“她说明天太晚啦，她明天就回中国了！”

卡罗斯给噎了，毛茸茸两个眼全力张着，朝向齐颂。

姨妈便拉了齐颂往门外走。齐颂挣着，泪快出来了：“姨妈，你告诉他：我有空儿还来的，叫他等我！”

卡罗斯等着姨妈替他翻译，一脸生离死别的紧张。

“她说她不会再来你这儿了。”姨妈在卡罗斯肩上拍了软软一掌，完全是个慈母般的老辈儿。

卡罗斯凄惨地笑笑，说：“那就请你告诉她……我爱她！”

这回姨妈不吱声了。

齐颂急问：“姨妈，他这句说的什么？”

"说的屁话，听了要脏你耳朵。"姨妈说。

卡罗斯眼巴巴看着老女人推着她走远，那朵别错了的花在她头顶一跳一跳，终于落到地上。她俩都不察觉。

卡罗斯慢慢跟过去，拾起那花发结。她俩走没了，他眼泪滚出来。

两个老头儿趁机溜出店门，没付账。